U0446193

锦 瑟 Inlaid Zither

J   S

在人生的痛苦和不幸中,我们需要阅读和思考。

蒙田随笔

〔法〕米歇尔·蒙田/著
霍文智/译

图书在版编目（CIP）数据

蒙田随笔 /（法）米歇尔·蒙田著；霍文智译. —
重庆：重庆出版社，2022.5
ISBN 978-7-229-16687-8

Ⅰ.①蒙… Ⅱ.①米… ②霍… Ⅲ.①随笔—作品集—
法国—中世纪 Ⅳ.①I565.63

中国版本图书馆CIP数据核字（2022）第053220号

蒙田随笔
MENGTIAN SUIBI

[法]米歇尔·蒙田 著　霍文智 译

策划人:	刘太亨
责任编辑:	张立武
责任校对:	李小君
封面设计:	日日新
版式设计:	冯晨宇
插　　图:	潘墨馨

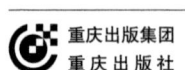

重庆出版集团
重庆出版社　出版

重庆市南岸区南滨路162号1幢　邮编：400061
重庆博优印务有限公司印刷
重庆出版集团图书发行有限公司发行
全国新华书店经销

开本：787mm×1092mm　1/32　印张：11.125　字数：200千
2022年7月第1版　2022年7月第1次印刷
ISBN 978-7-229-16687-8
定价：65.00元

如有印装质量问题，请向本集团图书发行有限公司调换：023-61520678

版权所有　侵权必究

如果没有蒙田，

许多心都会因为缺少滋润而干裂。

译者语

蒙田是16世纪文艺复兴后期法国最重要的人文主义思想家、作家。经过近五百年的岁月沉淀，与他同时代的作家大多湮没无闻，但他，特别是他的作品却仍然受到广泛推崇，这与他的传奇经历、一生所思及其写作方式有关。

蒙田的父亲是一位法国贵族，因此他从小接受的是贵族式的教育。在他的年代，贵族都以参军为荣，并不重视学问，所以在如此背景下成长的蒙田，从不以学者自居，而是更乐于给人留下这样的观感：他从不热衷于学习，只是在漫不经心地翻阅书籍；他的作品仿佛也从不深思熟虑、精雕细琢，而是"闲话"般的随性记录。

37岁时，蒙田继承了父亲的领地，并隐居于乡间。从这时起，蒙田就认为自己已经步入了晚年。在乡间，蒙田遍览群书，潜心写作。虽然名为隐居，但蒙田在乡间的生活实则满是思索的激情。在作品中，他歌颂自由和静谧，不断复现自己的闲适和优雅。正是在这二十年间，蒙田把他阅览和思考所获详细地记录了下来,成了传世名作。

这就是我们今天所能见到的——《蒙田随笔全集》。该全集一共3卷,分107章,达百万字之巨。在写作时,蒙田以古法文为主,也不时征引拉丁语、希腊语、意大利语等诸多语种的名言警句。其名为随笔,实则无所不包,但通常都是从日常可见的生活和习俗入手,阐释其精妙的思想内涵。在书的开篇,蒙田说:"我本人就是这部书的素材。"的确,蒙田以自己的灵魂为例,对"人"的灵魂作了深入的剖析,所以令人倍感亲切、直率。他的写作方式,正如他自己所说,是"世上同类体裁中绝无仅有的"。

在蒙田生活的时代,法国刚刚经历了长达三十年的宗教战争,人民厌倦了暴力,渴望回归田园生活。在蒙田随笔里俯拾皆是适时的出世智慧,这在当时实在给了法国人精神和情感的双重慰藉,从而赢得了法国人乃至全欧洲人民的喜爱。他们甚至不吝溢美之词,把这部浩瀚的大书称为"正直人的枕边书"。

蒙田的随笔不拘小节,似乎没什么章法,因此在17世纪初不被主流文学界所接受。但到了18世纪,蒙田的这种漫谈风格却受到了广大读者的热烈追捧。狄德罗甚至认为,蒙田的随笔才是"自然的表现"。

很多作家都不同程度地受到了蒙田的影响。例如，在培根的《散文集》中，就依稀可见蒙田的影子。

本随笔集从《蒙田随笔全集》中选辑的文章，大多都关涉困扰人生的重要议题。透过这些篇目，可以大致体会到蒙田所关注的生命的可贵特质，比如，在《讨论哲学就是学习死亡》一篇中，蒙田谈到了自己的人生哲学以及对死亡的理解；在《论书籍》中，他对自己读过的书加以评论，介绍了自己的读书方法；在《论三种交往》中，他描写自己写作的书斋，并论及如何阅读与思考……

蒙田认为真理是无法彻底掌握的，自己才是认识世界的路径。就让我们从这本《蒙田随笔》开始，像蒙田一样深入自己的内心，一层层抽丝剥茧，以期更好地了解自己，打开世界。

霍文智
2021年6月12日

目录

译者语 /1

论悲伤 …………………………………… 1
论懒散 …………………………………… 9
论撒谎 …………………………………… 11
论恐惧 …………………………………… 21
论想象的力量 …………………………… 27
以个人之见分别真伪,则为狂妄 ………… 47
论节制 …………………………………… 57
论说话的快与慢 ………………………… 69
论发怒 …………………………………… 73
灵魂无益空耗,日渐失去本真 …………… 87
感情超越自身 …………………………… 93
若不满足,欲望更强 …………………… 107

论残忍 ……………………………	119
讨论哲学就是学习死亡 ……………	145
幸福与否，死后方能定论 …………	175
论儿童教育——致戴安娜·德·富瓦，	
居松伯爵夫人 ……………………	181
论良心 ……………………………	241
论书籍 ……………………………	249
论言过其实 ………………………	271
论身居高位的难处 ………………	277
论我们行为的变化无常 …………	285
论三种交往 ………………………	299
论悔恨 ……………………………	319

蒙田生平年谱 /341

论悲伤

无人比我更懂得摆脱悲伤的情感,因为我既不爱它,也不关心它。然而世人不约而同地对它另眼相待。人们用悲伤修饰智慧、美德和良知,这是多么拙劣的饰品!意大利人准确地称其为"恶意",因为它永远都是一种伤人且愚蠢的品质。斯多葛学派[1]认为它是卑鄙和怯懦的,禁止学派中的长者和贤人怀有这种情感,以免被玷污。

据传说故事中记载,埃及国王普萨梅尼图斯被波斯国王冈比西斯击败并俘虏后,看到被俘的女儿穿着奴仆们破烂的衣服经过他面前,被呵斥着去井边汲水,朋友们在他身旁哀号痛哭,而他却凝视着地面,呆若木鸡,一言不发;片刻后,他又看到儿子被拉去处决,却依然默不作声;但是当他瞥见一位密

---

[1] 斯多葛学派:或称斯多亚学派,是塞浦路斯岛人芝诺(约公元前336—约公元前264年)于公元前300年左右在雅典创立,由于芝诺通常是在雅典集会广场的画廊聚众讲学,故该学派被称为"画廊学派"或"斯多亚派"(希腊文为 stoa,英文为 stoic,原指门廊或画廊)。其主要代表人物有:巴内斯、塞内卡、埃比克泰德、马可·奥勒留、克里斯普等。

友被人从俘虏中拖出,就开始猛烈捶头,显示出极度的悲伤。

这件事与我们的一位王子最近的遭遇相似。他在特伦特收到长兄的死讯,这位长兄是整个家族的支柱和荣耀;不久后,他又收到弟弟的死讯,这是全家第二个被寄予厚望的人。他面不改色地承受了双重打击。又过了几天,他的一个仆人去世了,这最后的噩耗使他抛却了先前的镇定,陷入极度的忧伤和悲痛。以至于有人猜测,只有最后这次打击才触碰到了他的灵魂。事实上,悲伤早已把心填满,一丝一毫的增添,就会使之突破忍耐的界限,漫溢而出。

在我看来,这个道理也可用于解读我们的前一个故事,假如我们不知道它的结局。据说,冈比西斯问普萨梅尼图斯,为何对儿女的不幸无动于衷,却对朋友的苦难如此悲痛。普萨梅尼图斯答道:"对朋友的悲伤之情可以用挥洒泪水发泄,但是对前两个人的悲伤,超出了眼泪所能表达的极限。"

一位古代画家的作品或许恰好表达了这一观点。他描绘伊菲革涅亚[1]献祭的场面时,按照旁观者与这无辜的美丽少女

---

[1] 伊菲革涅亚:希腊神话中的迈锡尼公主,国王阿伽门农与王后克吕泰涅斯特拉的长女。

之间的关系深浅，来表现众人对她的死亡的悲伤程度。画家在描绘少女的父亲时，穷尽了所有艺术手段和智慧。似乎任何表情都不足以表达这种悲伤，所以在画家的笔下，这位父亲以手掩面。出于同样的缘故，诗人们如此塑造痛苦的尼俄柏[1]。因为她先后失去了七子七女，难以承受丧亲之痛，最终变成了一块石头，

她因痛苦而变成石像。

——奥维德[2]

只有如此，才能在不幸的遭遇超出我们的承受能力时，用它来形容万念俱灰的痛楚。

诚然，当悲痛达到了极点，必定会扰乱心灵，使行动不得自由。当我们突闻噩耗时，会惊慌失措，浑身瘫软，难以动

---

[1] 尼俄柏：希腊神话中忒拜国的王后，底比斯王安菲翁的妻子，因为她先后失去了七子七女，所以"尼俄柏"在后来的文艺作品中被视为痛苦和悲伤的代名词。

[2] 奥维德（公元前43—公元17年），古罗马诗人，与贺拉斯、卡图卢斯和维吉尔齐名，代表作品有《变形记》《爱的艺术》《爱情三论》。

当悲痛达到了极点，必定会扰乱心灵，使行动不得自由。当我们突闻噩耗时，会惊慌失措，浑身瘫软，难以动弹。直到灵魂之痛诉诸泪水和哀怨，才能得到排解和释放，感受到轻松与自如。

弹。直到灵魂之痛诉诸泪水和哀怨，才能得到排解和释放，感受到轻松与自如。

哽咽终于打破沉寂，
痛苦化为声泪俱下。

——维吉尔[1]

费迪南多国王与匈牙利国王约翰的遗孀在布达附近作战。一位善战的士兵因英勇无畏而被众人钦慕，但没人知道他是谁。当他战死沙场，被战友抬回时，受到了人们的一致赞叹和哀悼。一名德军将军雷萨利亚克与众人一样十分好奇，想看看他究竟是谁。然而，当脱掉士兵的盔甲后，将军才认出那是自己的儿子。在弥漫于整个军营的哀叹中，将军兀然独立，不发一语，定睛凝视着儿子的遗体。直到巨大的哀伤冻结了他生命的活力，使他僵直地倒在了地上。

---

[1] 维吉尔（Virgil）（公元前70—公元前19年），即普布留斯·维吉留斯·马罗，古罗马诗人，在欧洲文学史上有着广泛而深远的影响，其代表作有《牧歌》《农事诗》《埃涅阿斯记》等。

可描述的爱火，
全都不够炽热。

——彼特拉克[1]

恋人们如此表达那难以忍受的热恋之情。

悲惨的我啊！
所有感觉都已失去。
我刚见到你，
便难以发出言语。
我的舌头麻木，
周身流淌微妙的火焰，
我的双耳失聪，
夜幕也已降临眼前。

——卡图卢斯[2]

[1] 彼特拉克（1304—1374年），意大利学者、诗人，被誉为"文艺复兴之父"。通过长期的创作实践，他把十四行诗推到一个完美的境地，发展出一种新诗体，即"彼特拉克诗体"，后来为乔叟、莎士比亚等著名文学家和诗人所模仿，他也被尊为"诗圣"。

[2] 卡图卢斯（约公元前87—约公元前54年），古罗马诗人，创作有神话诗、爱情诗、时评短诗和各种幽默小诗共116首，但真正使诗人享誉后世的，是他的爱情诗。后世的意大利诗人彼特拉克和英国剧作家莎士比亚均受过他的影响。

当情感最为炽热时，我们难以抒发哀怨和思念。我们的灵魂处于沉重的思绪压迫之下，身体也因爱情而颓废和憔悴。

有时，晕厥倏忽袭来，使那些为爱痴狂的恋人感到讶异，犹如瞬间坠入冰窟。一切可以品味与回味的情感都微不足道。

小悲易语，大悲无声。

——塞涅卡[1]

不期而至的惊喜同样会令我们诧异。

当她看到，我被特洛伊大军簇拥，
她僵住了，神情恍惚，
目光呆滞，犹如失去生命之火。
她晕了过去，过了许久才说出话来。

——维吉尔

---

[1] 塞涅卡（约公元前4—公元65年），古罗马政治家、斯多葛学派哲学家、悲剧作家，曾任帝国会计官和元老院元老，其代表作有《道德书简》《阿伽门农》《美狄亚》等。

一位罗马妇人看到儿子从坎尼之战[1]中生还归来，喜极而亡；索福克勒斯[2]和暴君狄奥尼修斯[3]也死于狂喜；塔尔瓦则是获悉罗马元老院为他授勋的喜报时，客死在科西嘉岛。在我们生活的年代，教皇利奥十世收到热切期盼的攻陷米兰的消息，大喜过望，以至于突发重疾，不久便去世了。还有一个例子更能证明人类的愚蠢：据古籍记载，逻辑学家狄奥多罗斯只因在学生和大众面前无法回应对手发起的辩论，于是羞愧至极，当场一命呜呼。

我极少受制于这种强烈的情感。我生性愚钝，并因理性而使心地日复一日地趋于冷漠。

---

[1] 坎尼之战，又称"坎尼会战"，发生于公元前216年，是第二次布匿战争中的主要战役。
[2] 索福克勒斯，雅典三大悲剧作家之一，流传至今的剧作只有7部，即《厄勒克特拉》《埃阿斯》《俄狄浦斯王》《安提戈涅》《特拉喀斯少女》《菲罗克忒忒斯》和《俄狄浦斯在科罗诺斯》。
[3] 狄奥尼修斯（公元前367—公元前344年），这里指的是老狄奥尼修斯之子、锡拉库萨的国王。

论懒散

正如我们所见,久未耕种的旷野若是富饶肥沃,便会长满各种无用的杂草,若想让这块土地物尽其用,则必须播种培育,才能使其有益于我们。正如我们所见,女人无须男人就能生出不成形的肉块,但若想要生育正常而完整的后代,则必须接受良种。心灵亦如此,若不专注于某一事物,不加控制和约束,便会陷于漫无节制的境地,迷失在茫然无际的幻想中。

> 犹如铜盆中水面颤抖的光线,
> 是那太阳与明月的映像,
> 倏地掠过周围的一切,
> 直冲向最高的屋顶。
>
> ——维吉尔

在那肆意骚动中,没有什么疯狂与空想不会萌生:

> 如同病人的梦境,
> 充满虚妄的幻影。
>
> ——贺拉斯[1]

---

[1] 贺拉斯(公元前65—公元前8年),罗马帝国奥古斯都统治时期的著名诗人、批评家、翻译家,其代表作为《诗艺》。

没有既定目标的灵魂会迷失方向,因为正如俗语所说:

无处不在便是无所在。

——马提亚尔[1]

近日,我赋闲在家,决心尽量不管闲事,独自安享所剩无几的余生。我原以为没有什么比无所事事、游手好闲更能滋养心灵,本想从今往后更加自在而彻底地懒散下去,然而,我发现:

闲散令人胡思乱想。

——卢坎[2]

心灵反而如脱缰之马一般,因失控而疾速驰骋,在我脑海中催生出一个又一个妖魔鬼怪,混乱不堪,毫无头绪。为了从容思索它们的荒诞不经,我开始将其记录在案,以备日后自省惭愧。

---

[1] 马提亚尔(40—104年),古罗马诗人,其代表作有《隽语》《奇观》等。
[2] 卢坎(39—65年),古罗马诗人,其最著名的史诗作品《法沙利亚》,讲述了凯撒与庞培之间的内战。

论撒谎

没有人比我更不适合谈论记忆力，因为我丝毫不具备这种能力，也不认为世上还有谁的记性如我这般糟糕。我在其他方面也是彻头彻尾的庸才，但我相信，我的记性之差尤为罕见，独一无二，值得扬名于世。

我的这一缺陷是与生俱来的（当然，考虑到记忆力的必不可少，柏拉图[1]不无道理地称之为崇高而强大的女神），此外，在我的家乡，若人们想说一个人不可理喻，便会说他没记性，因此，当我抱怨自己的这一缺陷时，大家就会质疑我、指责我，仿佛我在骂自己是个傻瓜。他们辨不清记忆力和智力，这让我更是为难。

他们可是错怪我了，因为按经验来看，事实恰恰相反，强大的记忆力往往伴随着较弱的判断力。而且，友情对我来说

---

[1] 柏拉图（公元前427—公元前347年），古希腊哲学家，客观唯心主义的创始人，建立了以理念论为核心的哲学体系，其主要作品有《斐多篇》《会饮篇》《理想国》《蒂迈欧篇》等。

比什么都重要，可他们一致指责我的毛病，把我当作无情无义之辈，这真是个天大的误会。他们因为我记性差就质疑我的感情，把一个天生的缺陷说成是没良心。他们说我忘了这个请求、那个承诺，把朋友忘得一干二净，故意忘记应该说些什么、做些什么，或者有所隐瞒。确实，我总是会忘事，但我从不忽略朋友的托付。我想，即使这缺陷让我感到痛苦和不便，但只要不必背负如此有违我性情的恶名，也就足够了。

但我这毛病也给我带来些慰藉。首先，它让我有理由去改正很容易在我身上滋长的一个更大的缺点，那便是野心，因为面对社会生活，记性差是一种难以忍受的缺陷。自然界的发展中也有很多例子可以证明，记忆力的衰退伴随着其他能力的增强；如果我因记性好，而将别人的创造和观点留在自己脑子里，那我就会失去自己的思想和判断力，容易人云亦云。记性差也让我的话也变少了，因为记忆的存量往往胜过创意的存量。如果我从不忘事，我的喋喋不休早就会把朋友们全都震聋了，而这又会激发我添油加醋的才能，使我的言辞越发激烈和啰唆。

很遗憾，正如我在几位密友身上看到的那样，他们能把事情记得完完整整，从很久很久以前开始讲起，叙述中充斥着大量无关紧要的细节,即使故事本身不错,也被他们讲得支离破碎;若是故事不好,那只能怪他们的记忆力太强或者判断力太弱。长篇大论一旦开了头,就很难打住或中断。没有什么比完美的收步更能体现马的力量。我看到,甚至是那些说话很有分寸的人,一开口也会不由自主地没完没了;他们想寻找恰当的时机结束讲话,却依然东拉西扯,如同拖着病腿蹒跚而行。最可怕的是老人,他们能记得久远的事情,却忘了自己已经讲了多少遍;我曾听说原本有趣的故事被一位绅士讲得索然无味,只因他的听众已经来来回回听了不下一百遍。

其次,记性差让我很少记得自己受过的伤害,以至于正如古人所说,我需要一份"伤害备忘录",或者有人能提醒我,就像大流士[1]为了铭记雅典人对他的羞辱,命令一位侍从在他每次用餐时,到他耳边重复三遍:"陛下,勿忘雅典人。"当我重游故地、重读旧书时,总有新鲜感涌上心头。

有人说:"没有好记性,就别想撒谎。"这话不无道理。我很清楚,语法学家区分了假话和谎言。他们说,说假话

---

[1] 大流士,一般指"大流士一世",又称大流士大帝,是波斯帝国的第三位皇帝。

是指说出不真实的,但自己信以为真的事情;而拉丁语(我们的法语就源自拉丁语)中对"撒谎"一词的定义,则是指说出自己凭良心知道是不真实的事情;我现在单说这后一种人。这些人要么彻底捏造谎言,要么把真相扭曲和掩饰成谎言。当他们根据自己的想象,一再扭曲和掩饰同一件事情,就难免露出马脚,因为事实真相已经先入为主地占据记忆,并以知识和学识的形式留下深刻的印象,它难保不会在想象中显示出来,并排挤那站不住脚的谎言;而最初习得的真相不断在脑海中流淌,使他们很容易忘记那些仅凭想象编造出来的谎言。至于那些彻底捏造的谎言,由于缺少反证来戳穿它们的虚假,因此看似鲜有暴露的风险;但即使如此,它也内容空洞、无凭无据,若不能牢记于心,便很容易被遗忘。

我遇到过很有意思的事,一些人不惜代价地见风使舵,只说那些对手头事情有好处的话,或者能讨好大人物的话;他们想让信念和良心服务于瞬息万变的事态,认为说话就必须随机应变:同一件事,对一个人说成是这样,对另一个人说成是那样,见人说人话,见鬼说鬼话。听众一旦交换信息,就会发现其中的虚假,这些招数又将如何呢?除此之外,他们注定经常陷入尴尬的境地,因为由同一件事编造出这么多说法,需要多好的记性才能记得住？我知道，当今很多人对这话术上的名誉心怀抱负，殊不知即便拥有了这种名誉，也不过是徒有虚名罢了。

说实话，撒谎是一种可恶的罪行。我们全靠语言才能成为人，并且维系彼此的关联。如果我们认识到撒谎的可怕和罪恶，就该将其斩尽杀绝，比对其他罪行更不留情。我看到家长总是草率地纠正孩子毫无恶意的过失，为那些不会造成任何影响和后果的胡闹而折磨孩子。但我认为，唯有撒谎，其次还有固执，才是应受到严厉谴责的缺点。从小到大，这两种缺点会随着成长愈演愈烈。一旦学会撒谎，再想根除不知有多难。我们看到，一些原本正直的人，就是如此屈从于这一恶行。我的裁缝是一位正直的小伙子，可我从没见他说过一句真话，哪怕是对他有好处的真话。

假如谎言和真理一样，只有一副面孔，我们就可以应对得更好一些，因为与谎言相对的必定是真理。然而，真理的反面却有千万副面孔且无处不在。

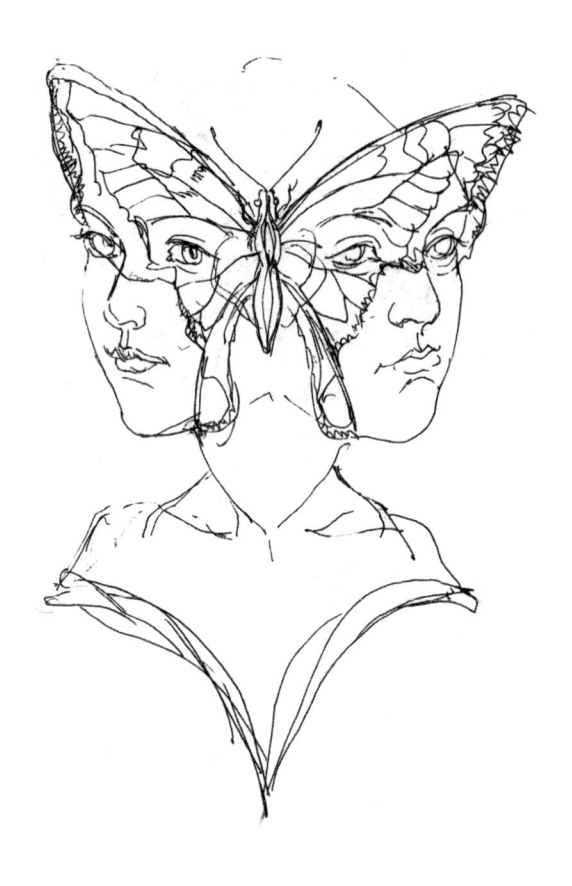

假如谎言和真理一样，只有一副面孔，我们就可以应对得更好一些，因为与谎言相对的必定是真理。然而，真理的反面却有千万副面孔且无处不在。

毕达哥拉斯派[1]认为，善是确定的、有限的，而恶是无限的、不确定的。与善良擦肩而过的道路有千条，而通往善良的道路只有一条。就我自己而言，我是如此厌恶这一罪行，即使厚颜无耻的谎言能让我免于最明显的大灾祸，我也不确定自己是否会昧着良心这样做。

从前有一位神父说过："与熟悉的狗为伴，胜过和语言不通的人相处。"

陌生人之间不以人道相待。

——大普林尼[2]

相比沉默，虚假的话语得有多不友好？

弗朗索瓦一世[3]炫耀说，他曾把米兰公爵弗朗切斯科·斯

---

[1] 毕达哥拉斯派，由古希腊哲学家毕达哥拉斯（公元前600—公元前500年）及其信徒组成的学派。他们多为自然科学家，视美学为自然科学的一个组成部分。

[2] 大普林尼（23—79年），古罗马作家、科学家，以《博物志》一书留名后世。

[3] 弗朗索瓦一世（1494—1547年），法兰西瓦卢瓦王朝的第九位国王（1515—1547年在位），被视为开明的君主，多情男子和文艺的庇护者，是法国历史上最著名与最受爱戴的国王之一。在他统治时期，法国文化臻于繁盛的顶点。

福尔扎的大使，当时以能言善辩著称的弗朗切斯科·塔维纳逼得走投无路。这位大使被主子派来，是为了向陛下辩解一件后果严重的事情。

事情是这样的：不久前，弗朗索瓦一世被逐出意大利，但他依然想从意大利，尤其是米兰公爵领地获取情报，于是他打算在公爵身边安插一个"自己人"，这个人实际上是大使，但以私人身份留在那里，假装处理私事。由于米兰公爵比以往更加依附于查理五世皇帝[1]，尤其是他已经和皇帝的侄女——丹麦国王的女儿，当时的洛林公爵之女——订下了婚约。因此，为了不损害自己的重大利益，他不能与我们有任何接触和往来。弗朗索瓦一世的侍从，米兰人梅维伊被认为是这项任务的合适人选，于是他带着大使的秘密国书和指令，以及做掩护用的写给公爵的私人事务介绍信前往米兰。他在公爵身边待了很久，以至于皇帝终于对他的真实身份有所觉察，我们料想这就是此后事件的起因：公爵以谋杀为幌子，两天之内就给梅维伊定了罪，并在一个夜里，在大牢里砍了他的头。弗朗索

---

[1] 查理五世皇帝（1500—1558年），神圣罗马帝国哈布斯堡王朝的一位皇帝（1520—1556年在位）。

瓦一世向所有基督教国家的国土以及公爵本人讨说法，为此，弗朗切斯科大使早已备好了一份伪造事实的长篇大论。他在早朝时前来觐见，提出一系列看似可信的理由作为依据。他说，他的主子一直将梅维伊视为以私人身份而来，为了办自己的私事，梅维伊也从未表现出其他身份；米兰公爵完全否认自己曾得知梅维伊是弗朗索瓦一世的人，而且陛下也不曾认得此人，更别说把此人当大使了。弗朗索瓦一世以几项异议和要求向他施压，从各个角度提出质疑，最后逼着他回答，为什么处决是在夜间秘密执行的？这位可怜的大使震惊不已，只好坦言道，公爵出于对陛下的敬意，很不情愿在大白天执行处决。可以想象，他在精明的弗朗索瓦一世面前受到责难，如何狼狈不堪地打道回府。

尤里乌斯二世教皇派一位大使去见英国国王，怂恿他反对弗朗索瓦一世。大使说明来意后，英国国王在答复中坚称，要想对抗如此强大的君主，就必须面对困难重重并做好准备工作，他还列举了一些理由。大使很不恰当地回答，他自己也考虑过这些困难，并且向教皇提起过。大使是为煽动英国国王立即作战而来，可他的这番话却与本意截然相反。英国国王由此找到一个理由（后来他发现事实果真如此），那就是大使本人是站在法国一边的。他将此事告知教皇,待大使返回时,其个人财产已被充公,还险些丢了性命。

论恐惧

我胆战心惊,毛骨悚然,说不出一句话。

——维吉尔

我并非人们所谓的博物学家,并不清楚是什么让我们心中产生了恐惧,但无论如何,这是一种奇怪的情感。按照医生的说法,没有什么比恐惧更能使我们瞬间失去判断力的了。确实,我曾亲眼目睹很多人因恐惧而失魂落魄;而且,即便是那些沉着冷静的人,一旦恐惧起来,也必定会变得惊慌失措。且不说那些等闲之辈,一会儿恐惧老祖宗披着裹尸布爬出坟墓,一会儿恐惧狼人、梦魇、妖怪;即便是理应比其他人更有力量的士兵,也会如此频繁地把羊群当成武装大军,把芦苇和灌木当成长矛和骑枪,把朋友当成敌人,把法国白十字当成西班牙红十字!

当德·波旁先生[1]攻打罗马时,守卫圣彼得镇的一名旗手

---

[1] 德·波旁先生(1490—1527年),第八位波旁公爵,1514年时身为法国陆军元帅,投奔神圣罗马帝国查理五世,被任命为米兰总督。1527年,被缺饷军人劫持,在围攻罗马教廷时遭教皇卫队枪杀。

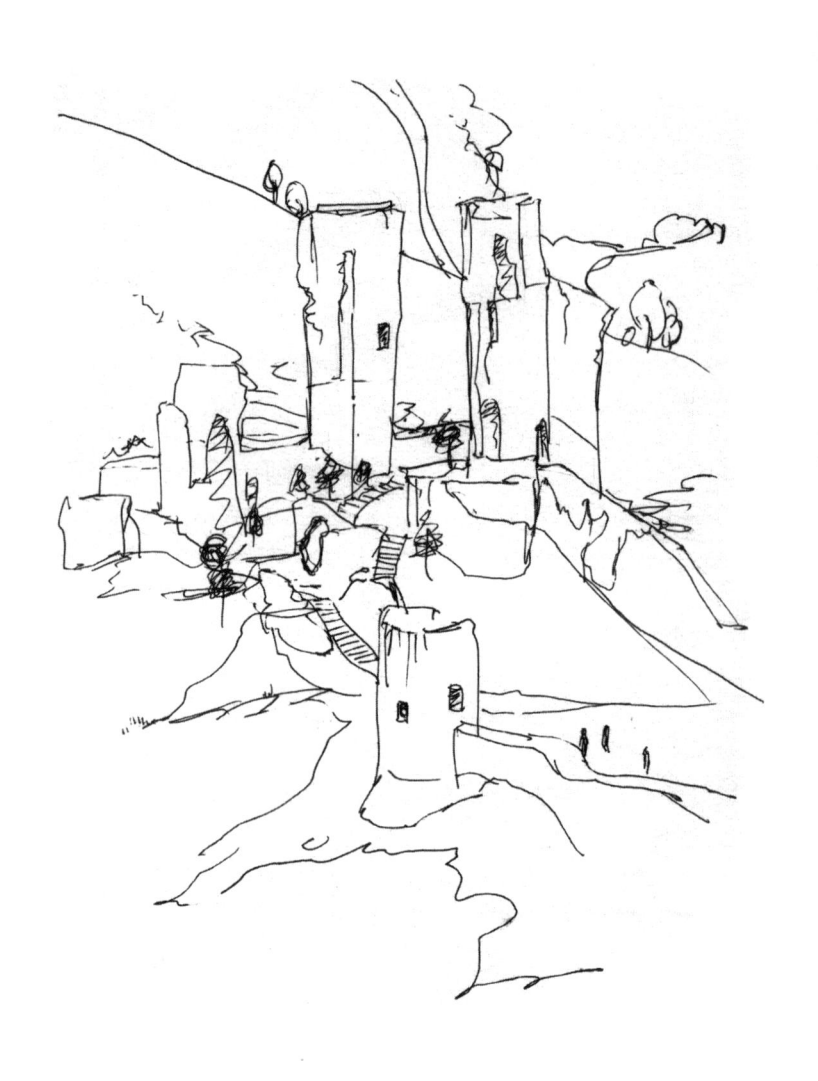

没有什么比恐惧更能使我们瞬间失去判断力的了。

一听到警报就吓得魂飞魄散,扛着军旗跳出墙洞,径直冲向敌军,还以为自己是在朝着城里的防御工事跑去。德·波旁先生的部下以为遭到了突袭,排开阵势准备反击,旗手这才回过神来,意识到自己弄错了。他转身全速撤退,钻进之前跳出的那个墙洞,但他刚才已经冒冒失失地朝着旷野跑了三百多步了。

然而,当德·布雷伯爵和德·拉吴先生从我们手中夺走圣保罗镇时,朱伊尔司令的旗手就没有那么走运了,他被吓得失魂落魄,带着军旗和所有东西,从一个炮眼跳了出去,随即被敌军炸成了碎片。在同一次围攻中,还有一件值得一提的事情,某位贵族被恐惧牢牢束缚住了,吓得心脏麻痹,直挺挺地从墙洞摔下去丧了命,身上却没有一处负伤。

有时候,一群人会被吓得集体癫狂,在日耳曼尼库斯[1]与德国人的一次交锋中,双方大军惊恐之下朝着相反的方向逃跑,而逃往的地方正是对方出发的地方。

有时候,恐惧会在我们的脚跟处插上翅膀,犹如前两例

---

[1] 日耳曼尼库斯,罗马贵族的称号,也指小日尔曼尼库斯(公元前16/15—公元19年),罗马帝国时期的一位著名的将军。

那般；有时候，恐惧会把我们钉在原地，使我们动弹不得，犹如书上记载的提奥菲卢斯[1]皇帝。他在与亚加雷纳人[2]的一次战役中打了败仗，被吓得目瞪口呆，甚至连逃跑都忘了。

被吓得连逃命都不敢。

——昆图斯·库提尤斯

直到他手下的一位主将马尼埃尔过来拍打他、摇晃他，想把他从恍惚中唤醒，对他说："先生，如果您不跟我走，我就杀了您；我宁愿您丧命，也不愿您因被俘而辱国。"

然而，恐惧在使我们丧失捍卫责任和荣誉的勇气后，又会展现出它巨大的威力，让我们变得无所畏惧。在罗马人败给汉尼拔[3]的第一次激战中，罗马执政官森普罗尼乌斯手下的一万名步兵受到惊吓，不知该往哪里逃命，反而一头扎进敌军

---

[1] 提奥菲卢斯，东罗马帝国皇帝。
[2] 亚加雷纳人，即阿拉伯人，亚伯拉罕和女仆夏甲所生之子以实玛利的后裔。
[3] 汉尼拔（公元前247—公元前183年），出生于巴卡家族，北非古国迦太基的统帅、行政官、军事家，是欧洲史上最伟大的四大军事统帅之一，被誉为"战略之父"。

大营,奋力拼杀,突破重围,杀死的迦太基人[1]不计其数,以光荣的胜利洗雪了逃跑的耻辱。

这世上我最怕的就是恐惧,这种情感的困扰胜过一切意外事件。还有什么比庞培[2]的朋友们在他船上目睹恐怖的杀戮更痛苦呢?然而,当看到埃及船只驶来,他们陷入巨大的恐慌,只顾催促水手赶快划桨逃命,直到抵达推罗[3]才松了口气,回想自己遭受的损失,那刚刚被更强烈的情感压下的泪水和悲伤终于爆发出来。

恐惧使我丧失全部智慧。

——西塞罗[4]

---

[1] 迦太基人,迦太基是古城名,坐落于非洲北海岸(今突尼斯),与罗马隔海相望。迦太基人因为在三次布匿战争中均被罗马打败而致最后灭亡。
[2] 庞培(公元前106—公元前48年),罗马共和国末期著名的一位军事家和政治家。公元前60年,他与克拉苏、凯撒结成秘密政治同盟,一起反对元老院,史称"前三头同盟"。
[3] 推罗,又译"苏尔",该城在古代属于腓尼基人,在当代则是黎巴嫩的第四大城市,也是该国主要的港口之一。
[4] 西塞罗(公元前106—公元前43年),罗马共和国末期著名的政治家、哲人、演说家和法学家,以善于雄辩而成为罗马政治舞台上的显要人物。

那些在战斗中受伤的人,即使负伤未愈,浑身是血,第二天也可以再次被送上战场;但那些曾被敌人吓破胆的人,绝不可以让他们面对敌人。那些时刻担心失去财产、被流放或被奴役的人,永远生活在痛苦中,寝食不安;而那些真正的穷人、奴隶或流放者,却往往过得跟其他人一样开心。太多人无法忍受恐惧的时时侵袭,于是上吊、投河或跳崖,这足以使我们明白,恐惧比死亡本身更加煎熬难耐。

希腊人认为还有另一种恐惧,不同于我们之前所说的,它来得无缘无故,出自天意,令我们措手不及,以致整个国家、整支军队都被击垮。这种恐惧曾经让迦太基哀鸿遍野,除了惊骇的声音和呐喊之外,什么都听不见;居民们如同听到警报一般冲出家门,互相攻击,互相伤害,互相残杀,仿佛敌军攻入了他们的城市。一切陷入混乱和狂暴,直到他们用祷告和献祭平息了神的怒火。希腊人称之为潘神[1]降下的恐慌。

---

[1] 潘神,牧神潘恩,专门照顾牧人、猎人和农人,有人的身体,头上长角,长耳朵,下半身及脚像羊。

论想象的力量

"大胆的想象会创造可能。"学者如是说。

我属于那种最能认识到想象力之影响的人:每个人都会被想象力冲撞,但有些人会被它撞倒。我则被它深深地刺中了;由于无力抵抗,因此我的对策是回避。只有与健康快乐的人为伴,才能有益于我的生活。一看到别人痛苦,我也会无比痛苦,而且我经常感同身受。有人咳个不停,我的肺和喉咙就会发痒。相比那些我不关心、不在意的病人,我更不愿看望那些出于情分和责任而须关注的病人。我所害怕的疾病,自己也会染上。任由想象肆意放纵会导致发烧甚至死亡,对此我毫不诧异。西蒙·托马斯是一代名医,我记得有一天,我在图卢兹[1]的一位老富翁家遇见了他,这位老富翁患了肺病,西蒙·托马斯在提供治疗方案时,建议患者让我心甘情愿与他做伴,这样我就可以经常来探望他,只要多看看我神采奕奕的面容,多想想我焕发出的青春朝气与活力,将我旺盛的生命力注入他的所

---

[1] 图卢兹,法国西南部的一座大城市。

在想象的种种刺激下，我们心烦意乱，瑟瑟发抖，脸色时而苍白，时而通红；躺在床上，感到身体躁动不安，有时甚至就要死去。当熟睡时，旺盛的青春也会以幻想燃起欲火，在梦境中满足情欲。

有感官，他的病情或许就会有所好转；但这位名医忘了说，与此同时，我的健康状况可能会变糟。

加卢斯·维比乌斯如此专注于探索精神失常的本质和运作，以至于最终也丧失了理智，甚至再也无法恢复正常，他或许会吹嘘自己因为太过聪明而变成了白痴。有些人没等刽子手行刑就先被吓死了；有个人在断头台上被松了绑，听到人家给他宣读赦令，却在想象的刺激下一命呜呼了。

在想象的种种刺激下，我们心烦意乱，瑟瑟发抖，脸色时而苍白，时而通红；躺在床上，感到身体躁动不安，有时甚至就要死去。当熟睡时，旺盛的青春也会以幻想燃起欲火，在梦境中满足情欲。

犹如经历一场真正的云雨，
喷薄的液体在梦中打湿了衣衫。

——卢克莱修[1]

虽然梦见自己一夜之间头上长出角来，并不是什么新鲜

---

[1] 卢克莱修（约公元前98—约公元前55年），罗马共和国末期的一位诗人、哲学家，著有哲学长诗《物性论》。

事，但意大利国王西普斯的亲身经历却值得一提。有一天，他兴致勃勃地看了场斗牛赛，然后整晚都梦见自己头上长着角，后来，他凭着想象的力量，真的让头上长出角来。悲痛使克罗伊斯的儿子获得大自然曾拒绝赋予他的声音[1]。安条克则因斯特拉托尼丝的美貌给他留下刻骨铭心的印象而发了高烧[2]。大普林尼声称他亲眼目睹卢修斯·科西提乌斯在新婚之日从女人变成男人。蓬塔努斯等人也描述过近几个世纪以来发生在意大利的此类变性事件。由于他和母亲的热切期望：

伊菲斯实现了身为女孩时想要做男孩的夙愿。

——奥维德

当我途经维特里·勒·弗朗索瓦的时候，看见了一名男子，苏瓦松的主教为他施坚信礼时，给他取名日耳曼，当地人都知道，他在22岁之前一直是女儿身，名叫玛丽。我看见他

---

[1] 克罗伊斯的儿子本来是个哑巴，在克罗伊斯去世时，他的儿子因为悲伤而得以重新开口说话。
[2] 斯特拉托尼丝是马其顿王国的公主，塞琉古一世的妻子。安条克是她的继子，因为爱上了斯特拉托尼丝而得了重病，最后塞琉古一世在医生的劝告下，把斯特拉托尼丝让给了儿子。

时，他已经满脸胡须，面容苍老，却尚未结婚。他告诉我们，他只是用力跳了一下，就长出了阳具。当地的姑娘们至今还传唱着一首歌，她们在歌中互相告诫，不要迈步太大，以免像玛丽·日耳曼一样变成男人。这种事情就算频繁发生也不足为怪，因为想象若是在其中发挥了作用，它便会持续而强烈地专注于这件事，为了避免反复陷入这种思虑和欲望中，不如一劳永逸地让这阳具长在姑娘们身上。

有人把达戈贝尔国王[1]和圣弗朗索瓦身上的伤疤归因于想象的力量。还有人说，想象的力量有时能移动身体。据赛尔苏斯[2]说，有位牧师会陷入神魂颠倒的状态，以至于很长时间都没有感觉和呼吸。圣奥古斯丁[3]提到了另一个人，他一听到悲伤凄凉的叫喊声，就会立刻昏厥过去，不省人事，无论是对着

---

[1] 达戈贝尔国王，法国的一位国王，传说他身上的伤疤是因为他自己害怕坏疽病而造成。
[2] 赛尔苏斯（公元前25—公元50年），罗马帝国时期的一位医学家，生于提比略统治时期（14—37年），著有一部包括多种主题的百科全书（前5卷是关于农业的篇章，但现仅存关于医学的后8卷，被称为《医术》）。
[3] 圣奥古斯丁（354—430年），罗马帝国时期的一位天主教思想家，其主要作品有《上帝之城》《忏悔录》。

他的耳朵大喊大叫，还是掐他、烫他，都无济于事，只能等他自己苏醒过来；然后他会说，他听到声音好像从远处传来，也确实感觉到有人掐他、烫他；而当时，他明显一直没有脉搏和呼吸，这证明他并非故意无视自己的感觉。

幻象、魔法以及所有此类奇迹，被信以为真的主要原因，很可能源自想象的力量，它深深地影响着平庸而脆弱的心灵，而人们是如此地坚信不疑，以至于认为自己看到了没有看到的东西。

如今，那些被当作笑话的"绳结"[1]严重影响着我们，使我们几乎不谈其他，而我怀疑，那仅仅是恐惧和担忧所致。我有一位好朋友，根据我的了解，我可以像保证自己一样，保证他不可能有任何可疑的缺陷，也并非是着了魔，他只因听一位同伴说起自己在不该阳痿的时候意外地阳痿了，而当他处于同样的情境时，这个可怕的故事突然不可思议地激发了他的想象，结果他也遭受了跟那人同样的命运。此后，这段倒霉的回

---

[1] "绳结"，暗指新婚夫妇暂时性的性无能。人们认为，是巫师施了魔法，将新婚丈夫的紧身短裤用绳子在上衣上打了结，以至于脱不下来。

忆在他脑海中挥之不去，让他饱受折磨，一再遭受厄运。不过，他找到了解决方法，用另一个想象来克服这个想象，他事先向对方坦诚说明自己的状况，这让他内心的焦虑得到一定的缓解；他知道，失态已在预料之中，于是压力也就越来越少。后来，当他可以毫无顾忌地尝试时，他卸下了思想负担，身体功能逐渐恢复了正常。在与对方沟通好的情况下，他从容地完成了尝试，彻底摆脱困扰。男人只要跟一个女人有了成功的一次，就不会再失态了，除非他有什么不愿示人的缺陷。

只有当心灵承载了过多的渴望与敬畏，尤其是在始料不及和紧迫的情况下，才要担心会发生这样的不幸，因为此时人难以从慌乱中恢复镇静。我知道一些人会在其他地方满足部分欲望，有意平息这疯狂的激情，从而使自己免遭这种不幸，还有一些人随着年龄的增长，发现自己因为性能力的下降，而变得很少阳痿了。还有一个人从朋友那里学来一种驱逐魔法的招数，说是保证能帮他免受这种耻辱。我不妨讲讲这件事：一位出身名门的伯爵是我的密友，他同一位漂亮的女士结婚时，她曾经的一个追求者也来参加了婚礼，为此伯爵的朋友们都忧心忡忡；尤其是他那位负责主婚的亲戚老太太，婚礼是在她家举行的，她担心那个情敌会施展这些巫术。她向我讲述了她的担忧。我让她放心把这件事交给我。我身上碰巧带着一枚小金牌，上面刻有几个天使像，据说把它放在头颅的骨缝上可以防中暑和头痛，为了放得更稳当，这金牌被缝在一根带子上，可以从下巴底下系上。这东西和我讲的这件担忧之事同样荒唐。雅克·佩莱蒂尔住在我家时，把这稀奇古怪的东西送给了我。我想让它派上用场，于是私下对伯爵说：他也许会像其他一些新郎那样惨遭厄运，尤其是宾客中有人显然想给他制造这种麻烦，但我让他放心大胆去睡觉。我会尽朋友之力，必要时，我将不惜为他创造一个力所能及的奇迹，只要他以名誉担保会严守秘密。如果事情不顺，他只需在大家给他送蜡烛时暗示我一下，剩下的就交给我了。当时，他垂头丧气，思维混乱，果然被想象中的麻烦困住了，便在约定的时间向我示意。于是，我在他耳边低声说，他要借故起来把我们赶出房间，然后开玩笑地扯下我身上的睡袍，披到自己身上（我俩的身高差不多），直到完成我的指示。这个指示如下：等我们全都走出房间后，他就去小便，把某句话反复念三次，同时把某个动作也反复做三次；每一次都要把我塞进他手中的带子绑在腰间，并且要确保带子上小金牌的图像处于某个角度。全部做完后，要在第三次时把带子绑紧，让它不会松开或滑落，他便可以放心回去干他的事了，同时不要忘了把我的睡袍铺在床上，以便遮住他俩的身体。这些装模作样的把戏是效果之关键所在——我们的想象被诱导，以至于相信这奇怪的手段必定源自某种玄奥的科学——正是它们的虚妄给了它们分量，让人肃然起敬。总之，可以肯定的是，我这小金牌上的图像与其说是能防暑，不如说是能壮阳，与其说是能防御，不如说是能刺激行动。我是一时突发奇想，再加上有一点点好奇，才会做出如此违背我本性的事情。我一向反对耍花招、弄虚作假，憎恶一切招摇撞骗的伎俩，无论是为了消遣还是为了谋利；即使行为本身不恶劣，但方式却是恶劣的。

埃及国王雅赫摩斯二世[1]娶了希腊美女拉奥迪斯为妻，尽管他在其他场合以才能著称，但与妻子行房事时，却像变了个人似的，心有余而力不足。为此，他怒不可遏，怀疑妻子是女巫，扬言要杀了她。这种事纯属想象作祟，她便让他求助于神灵，于是他向维纳斯许愿，在献祭后的第一夜，他就奇迹般地恢复了正常。

---

[1] 雅赫摩斯二世（公元前570—公元前526年），埃及第二十六王朝的国王，阿普里伊的大臣，普萨美提克三世之父。

女人不该以轻蔑、扭捏和愤怒的姿态对待我们，那会浇灭我们燃起的欲火。毕达哥拉斯[1]的儿媳说："女人跟男人睡觉时，要把端庄连同衬裙一起脱去，等到穿上衬裙时，再恢复端庄。"发起攻势的男人被种种忧虑扰得心神不宁，很容易表现失态；无论是谁，一旦想象使他有了耻辱感（这感觉只在初次交合时才会有，因为此时更是激情澎湃、迫不及待，也更是害怕这第一次会失败），一开始就搞砸了，这种遭遇会让他心烦意乱，日后也容易不断重蹈覆辙。

结了婚的人有的是时间，如果没做好十足的准备，就不该赶鸭子上架或者贸然行事。新婚之夜，焦虑不安、惊慌失措的时候，与其首战受挫，让自己失态，以致终生受苦，不如等待更隐秘、更平静的时机。在交合之前，若是发现自己有障碍，可以放松一些，慢慢地做几次小尝试，温柔一些，切忌一

---

[1] 毕达哥拉斯（约公元前580—约公元前500/490年），古希腊数学家、哲学家，被誉为"数学之父"，在西方被长期认为是毕达哥拉斯定理（中国称勾股定理）的最早提出者。毕达哥拉斯信仰理念论，也即可理喻的东西是完美的、永恒的，而可感知的东西则是有缺陷的，这一思想后来被柏拉图发扬光大，并从此一直支配着哲学。

心想要立马强行搞定自己不听话的身体。那些知道自己的生殖器向来能听使唤的人，只需对付想象就够了。

这器官显然是无拘无束、为所欲为的，当我们不需要它的时候，它偏要任性地亢奋着；当我们最需要它的时候，它反倒不配合了，如此蛮横地与意志争夺权利，如此刚愎自用地拒绝手与心的一切请求。然而，尽管它的叛逆令人怨声载道，并证实了它的罪大恶极，但若是雇我为它辩护，我或许会质疑与它为伴的其他器官，纯粹是嫉妒它的工作尤为重要和享受，图谋捉弄它，沆瀣一气挑唆其他器官反对它，把它们的共同过错记到它的账上。试想我们身上哪一部分不会经常拒绝按照我们的意志履行职责，不会经常与我们的要求对着干。它们各有各的情欲，未经我们准许便苏醒或沉睡。多少次我们下意识的表情泄露了内心的想法，将我们隐藏最深的秘密出卖给了旁人。驱使这器官活跃起来的原因，同样在我们不知情的情况下驱使肺、脉搏、心脏活跃起来。看到赏心悦目的事物，我们浑身上下就会不由得燃起狂热的火焰。难道只有这些血管和肌肉会未经意志的准许，甚至在我们不知情的情况下膨胀和收缩？有恐惧和欲望时，我们并没有命令头发要竖立、皮肤要颤抖；手经常擅自伸到我们没让它去的地方；舌头自会僵硬，声音自会哽咽。当我们没东西可吃，并且甘愿节食时，食欲却忍不住要挑动相关的器官，恰如我们所说的另一种欲望，只要它乐意，随时都会以同样的方式抛下我们。排粪便的器官自有其膨胀和收缩的规律，不管我们是否同意，而排尿的器官亦是如此。为了证明意志的绝对权威，圣奥古斯丁声称曾见过一个人能控制自己的屁，想放多少就放多少。圣奥古斯丁的评述者比维斯[1]用他那个时代的另一个例子作了进一步补充，说是有一个人可以按照曲调放屁。但是，由这些例子也不能断定屁股就是百依百顺的，毕竟一般来说，还有什么比它更不安分、更冒冒失失呢？而且，我知道一个猖狂无礼的人，他在四十年间强迫他的雇主持续不断地放屁，就这样直到把雇主害死。

我由衷地希望，我只是从书上得知，一个人因为憋了个屁而坠入极端痛苦的死亡之门，这样的事情是多么频繁地发生；而那位君主在赋予我们随处发泄之自由的同时，也赋予

---

[1] 比维斯，即胡安·路易斯·比维斯，西班牙的一位人文主义者，在教育、哲学和心理学方面颇有名望；主张使用本民族语言教学，支持妇女教育，其代表作有《论教育儿童的正确方法》《论纪律》等。

我们这样做的权利。为了维护意志的权利,我们提出了这样的控诉;然而,由于意志的不规矩和不顺从,我们更有可能谴责的,难道不是意志本身的叛逆和造反吗?难道它总是想要我们让它想要的吗?难道它不是经常想要我们禁止它想要的,且明显不利于我们的事吗?难道它最能接受我们理性结论的支配和指引吗?最后,我要为我的当事人先生说几句话:请诸位考虑一个事实,它这事与一伙从犯密切相关,可唯独它受到了质疑,而那些证据和指责都无法算在其他从犯头上;诚然,从犯有时只是不凑巧做了坏事,但也难辞其咎,而且它们是以一种心照不宣的方式做了坏事。因此,指控者的恶意和不公是再明显不过的了。但无论如何,大自然反对辩护人和法官的诉讼,只按自己的方式运转,它明智地赋予了这器官一种特权——专门负责人类永世长存之大业。根据苏格拉底的说法,这是一项神圣的工作;而爱,这不朽的渴望,本身就是不灭的恶魔。

在想象的影响下,有人或许幸运地在我们这儿治好了淋巴结核病,而他的同伴却把这病又带回了西班牙。这恰恰说明了为什么人们遇到这种事总要提前做好思想准备。若非想象的效果能弥补药物的骗局,医生们又为什么要在治疗前向患者许下那么多虚假的承诺，让他们相信自己会痊愈呢？医生们很清楚，有一位神医曾在其著作中写道：有些人一看到药物就能见效。

此时我的脑海中浮现出一个故事，那是我父亲的一位家庭药剂师告诉我的。他是个直率的瑞士人，这个国家的人不爱虚荣，也不爱撒谎。他说，他很久以前在图卢兹认识了一个商人，这人体弱多病，深受结石的折磨，经常需要灌肠，他根据自己的病情，让医生们开出各种药方。药拿来后，就按照常规的程序，一样不漏地进行，还要感觉一下药是否太烫，他躺下，注射器推动，一切都按部就班地进行，唯独没有注入药物。然后，药剂师离开，患者就像真的接受了灌肠一样，他感觉到的效果也和真正用药的人相同。如果医生觉得疗效不理想，通常会以同样的方式再来两三次。我的见证人发誓说，为了省钱（因为他要像真的用药那样付钱），这位患者的妻子有时试图只用温水，但从效果就能发现是作了假，得知这样做无济于事，便只好还用老办法。

有一位妇人以为自己吃面包时吞下了一根别针，又哭又闹，仿佛喉咙被扎了，疼痛难忍。然而，一个医术精湛的人给她检查后，发现表面并没有肿胀或异状，便断定这只不过是吞咽面包时被硬皮刮了一下而产生的错觉。他让她呕吐，并且趁她不注意，把一根弯曲的别针扔进呕吐物中。这妇人一看到别针，就认定是自己吐出来的，她的疼痛立马缓解了。我知道有一位先生在家中宴请一群贵客，三四天后，他开玩笑地吹牛说（因为根本没有这回事），他给他们吃了烤猫肉。当时，一位参加了宴会的年轻贵妇吓坏了，突然呕吐发烧，最终也没能救回来。即便是畜生，也会像我们一样受制于想象的力量。我们看到，狗会因失去主人悲痛而死，或是在睡梦中吠叫、抽搐；马也会在睡梦中挣扎、嘶鸣。

这一切都可以归因于精神和身体之间的密切关联、彼此感应。然而，当想象不仅作用于自身，而且波及他人时，那就完全是另一回事了。就像一个染病的身体会把疾病传播给周遭一样，正如我们所见，瘟疫、天花和红眼病就会传遍整个家庭、整座城市。

好眼看到病眼也会疼痛，
很多疾病都在传播伤害。

——奥维德

想象也是如此，一旦被激化，便会放出利箭伤及他人。

古时候有一种说法，在斯基泰王国[1]，有些女人被激怒时，只用眼神就能杀死对方。乌龟和鸵鸟只消看一眼自己的蛋，就能将其孵化，可见它们的眼睛具有射精的功能。而巫婆的眼睛，据说充满杀意和摧残：

不知是谁的眼睛蛊惑了我柔弱的羔羊。

——维吉尔

对我而言，巫师是最不可靠的。根据我们的经验来看，女性会给腹中的胎儿打上她们幻想的烙印，那个生下摩尔人[2]的女性就证实了这一点。有人从比萨[3]附近将一个女孩带到波

---

[1] 斯基泰王国，黑海北岸的一个古国。大约在公元前7世纪，伊朗语族的西徐亚人由东方迁入，并征略小亚细亚等地；他们以善于骑射著称。
[2] 摩尔人，北非黑人，指中世纪时期入侵欧洲伊比利亚半岛、西西里岛、撒丁岛、马耳他、科西嘉岛、马格里布和西非的穆斯林居民，大多为柏柏尔人，也有阿拉伯人和犹太人。此处指的是一位白人公主生了一个黑人孩子，于是这位公主被指控与黑人通奸，后来医师解释说，这是因为公主的床头挂了一张黑人像，以此导致公主生的是黑人，公主于是得到了宽恕。
[3] 比萨，意大利中部托斯卡纳大区的一座城市，比萨省的首府，因为其历史与建筑艺术而成为著名的旅游城市。

西米亚国王查理大帝面前,她浑身上下长满了粗硬的毛发,据她母亲说,是因为床幔上挂了一幅施洗者圣约翰的画像[1]才怀上了她。

动物也是如此,例如雅各[2]的羊群,还有被山雪染白的野兔和鹧鸪。不久前,我家的一只猫盯上了树上的一只鸟,它们四目相对了一阵子,最终不知是受自己想象的蛊惑,还是被猫的魅力所吸引,那只鸟如同死了一般落入猫爪之中。痴迷狩猎的人肯定听说过驯鹰人的故事,那人死死地盯着空中的一只鹰,还打赌说他单靠目光就能让它掉下来,据说他真的做

---

[1] 意大利画家达·芬奇于1513年至1516年创作的一幅以施洗者圣约翰为题材的木板油画,现珍藏于法国巴黎卢浮宫。施洗者圣约翰的头发很长,宛如一个青年牧羊人,他一手拿着十字架,一手指向天空,脸上露出狡黠而神秘的微笑。
[2] 雅各,又名以色列,以撒之子,亚伯拉罕之孙,育有十二个儿子,均为一族之长,是以色列十二支派的先祖。此处指的是雅各为了娶表妹拉结,先后为舅舅拉班放了十四年的羊。离开舅舅拉班时,雅各将各种颜色的树枝剥成不同颜色的斑块状放到羊圈的前面,羊群经过看见各种斑块的树枝,羊毛上也长了各色小斑点,随后雅各便依照他和舅舅事先的约定,领着这些带斑点的羊回到自己的家乡。蒙田举此例,是为了解释想象的作用。

到了。我借用这一故事，是因为我相信讲故事的人是凭良心说话。

这些论述是我自己的，是基于理性，而非经验；每个人都可以加入自己的例子；举不出例子的，也不妨相信这种事多得很，毕竟意外之事千奇百怪。如果我举的例子不够恰当，那就请其他人为我举例。因而，在我探讨人类的行为举止时，对于那些传说中的证据，只要是有可能的，就会当作真实的例子来使用，无论它们是否真的发生过，也无论是发生在罗马还是巴黎；更无论它是发生在约翰身上还是彼得身上，只要没有超出人类能力的范畴，便可供我充分利用。

我看到的、利用的，既有虚的，也有实的；在史书上形形色色的记载中，我选择那些最珍贵、最值得记忆的为我所用。有些作家只意欲叙述那些已然发生的事；而我，如果有可能，则会讲述那些可能发生的事。哲学允许对缺少相似性的事物提出相似的假设。但我放弃了这项特权，在这个问题上，我以宗教般的信仰，超越了一切历史的权威。我在此举出的例子，无论是我听到的、看到的、做过的还是说过的，我都严禁自己胆敢对实情作出哪怕最轻微、最无关紧要的改动。我的良心不会伪造丝毫，但我的无知会做出什么就不好说了。

在这方面，我时常怀疑，一个神学家，或者一个哲学家，以及那些严谨缜密且有良知的人，是否更适合书写历史呢？毕竟，他们怎么会把自己的名誉押在一个民间信仰上呢？怎么会为陌生人的想法负责，给他们的臆测做担保呢？哪怕是亲眼目睹的种种行为，他们也不愿在法官面前宣誓作证；对于不熟悉之人的意图，他们会绝对慎重。

我认为，写过去的事比写现在的事少担风险，因为作者只需借用一个众所周知的事实。有人劝我写些当代的事，认为我看待事物不像别人那么盲目；而且我有机会接触各方面的领军人物，因此对这些事看得更清楚。但他们没想到的是，就算让我获得萨卢斯特[1]那样的美誉，我也不会给自己找麻烦，因为我跟责任、勤奋和毅力是不共戴天的仇敌，没有什么比长篇大论更背离我的风格了。我的写作总是断断续续，创作和阐述都毫无价值，在表达最普通的事物时，我的遣词造句还不如一个孩子。因此，我只说我能说的话，并且量力而行。若是找人

---

[1] 萨卢斯特，又译撒路斯提乌斯（公元前86—公元前35年），罗马共和国末期的一位政治家和历史学家，著有《罗马史》《朱古达战争》等作品。罗马的史学在萨卢斯特手里，跃进了一大步。

来指导我，恐怕我也不会跟他步调一致；因为我是如此随心所欲，会按照自己的意愿以及事物的情理，提出非法且会受罚的意见。普鲁塔克[1]说，他所举的例子中，那些面面俱到、完全正确的，都是别人的作品；那些能造福后世，如明灯般照亮通往美德之路的，才是他自己的作品。无论如何，一桩旧事不会像一剂药物那么危险。

[1] 普鲁塔克（约46—120年），罗马帝国时期的一位希腊作家、哲学家、历史学家，以《比较列传》一书闻名于世。

以个人之见分别真伪，则为狂妄

我们把轻信和耳根软归因于单纯和无知，或许不无道理。因为我似乎听说过，"相信"好比是心灵上的一道印记，心灵越是软弱，越是缺少防备，就越容易留下印记。

犹如增加的砝码必定使天平倾斜，
思想也会屈服于显而易见的事实。

——西塞罗

因此，心灵有多么的空虚和失衡，就有多大的可能一经劝说便会屈服。这就是为什么儿童、庸人、妇女和病人最容易人云亦云。但另一方面，对于我们所认为不可能发生的事情，统统采取轻蔑的态度，将其斥为荒谬，同样是愚蠢的妄自尊大，这是自视聪明过人者的通病。曾经我也是这样的人，每当我听人谈论死者复活、预言未来、巫蛊邪术，或者其他我不愿相信的故事：

梦境、黑魔法、奇迹、巫术，
夜游精灵，塞萨利亚神童。

——贺拉斯

我便会对被这些蠢事愚弄的可怜人顿生怜悯。然而现在，我觉得当时的自己至少也像他们一样值得怜悯，这并非因为有什么经历让我改变了从前的信念——但我的好奇心始终强烈——而是理智告诉我，如此武断地谴责一件事是虚假和不可能的，就是自负而专横地以我自己的能力范畴，为上帝的意愿和大自然母亲的力量设限，这是再愚蠢不过的了。如果我们把自己无法理解的事物都称为怪物和奇迹，那么会有多少怪物和奇迹不断地出现在我们眼前呢？我们不妨想一想，要穿过多少云雾，在黑暗中摸索多久，我们才能认识身边的大部分事物；当然，我们会觉得，与其说是知识，不如说是习惯，让它们变得不再怪异。

如今人们习以为常，
不再瞻仰天上光明的殿堂。

——卢克莱修

如果这些事物是第一次呈现在我们面前，我们会觉得它们至少和其他事物一样难以置信。

它们若在今日向凡人现身，
骤然降临在我们面前，
没有什么比这更为神奇，
没有什么是如此的不可思议。

——卢克莱修

没有见过河的人，会把第一次见到的河想象为大海；我们会把自己所知的最大的东西，断定为自然界同类事物之最。

未曾见识过更大河流的人，
把一条小河看作庞然大物，
树也是，人也是，
看到的一切都是最大的，
因为他从未见过更大的。

——卢克莱修

见得多了，也就习以为常；
对于每天都会看到的事物，
既不钦慕，也不好奇。

——西塞罗

引诱我们对事物一探究竟的，与其说是它们的伟大，不如说是它们的新奇。对于大自然的无限力量，我们要怀着更多的崇敬去判断，更加承认自己的无知和软弱。有多少难以置信

没有见过河的人，会把第一次见到的河想象为大海；我们会把自己所知的最大的东西，断定为自然界同类事物之最。

的事情被值得信任的人所证实,即使我们不能说服自己完全相信,至少也不要妄下定论;因为倘若谴责它们绝无可能,就无异于一种鲁莽的假设,自以为知道可能的极限。如果我们正确理解了"不可能"与"不寻常"之间的区别,以及"违背自然规律"与"违背人们普遍看法"之间的区别,不轻易相信,也不盲目否定一切,那么便遵循了开伦提出的"一切不过度"原则。

当我们在让·傅华萨[1]的著作中读到,驻守贝亚恩的弗瓦伯爵在卡斯提尔[2]国王约翰于朱贝罗特战败后的次日便得知这一消息,对于伯爵得知消息的方式,我们可能会嗤之以鼻。同样据编年史记载,霍诺里乌斯教皇在菲利普·奥古斯都国王于芒特逝世的当天,就下令全意大利为他举行公祭,这些作者的证词或许也没有足够的权威令我们信服。

---

[1] 让·傅华萨(约1337—约1405年),法国著名的编年史作家,他的《闻见录》主要描写百年战争的"光荣业绩和武功",是法国封建时代极重要和极详尽的文献材料。
[2] 卡斯提尔,又译为卡斯蒂利亚,西班牙历史上的一个王国,由西班牙西北部的老卡斯蒂利亚和中部的新卡斯蒂利亚组成,后逐渐和周边王国融合,形成了西班牙王国,西班牙的君主就是卡斯蒂利亚王国一脉相传。

然而，如果普鲁塔克除了引用古代的几个例子外，还告诉我们，他从可靠来源得知——在图密善[1]时代，安东尼乌斯在德国战败的消息当天就传遍了全世界，而过了好几天才在罗马公布。如果凯撒认为传闻走在事件之前是常有的事，那么难道我们不可以说：这些笨蛋被庸众误导，是因为不如我们头脑清楚吗？当大普林尼乐于运用他的判断力时，还有什么比他更细致、更清晰、更生动？还有什么比他更远离自负？抛开他的学识不谈，我很少提及这方面；他的这些优点，我们谁又能超越呢？然而，几乎没有一个小学生不会指控他在撒谎，并且自诩要给他上一堂自然进化课。

当我们在布歇的著作中读到圣希拉里的遗骨显灵时，会不屑一顾，他的影响力不足以剥夺我们反驳他的自由。但我认为，不假思索地全盘否定此类故事是相当草率的。那位伟大的圣奥古斯丁证实说，自己在米兰看到一个盲童在圣格尔瓦修斯和圣普罗塔修斯的遗骨前复明；在迦太基，一位妇人因为另一位刚受洗的妇人为她划十字而治愈了癌症；圣奥古斯丁的亲信

---

[1] 图密善（51—96年），罗马帝国的第十一位皇帝，弗拉维王朝第三位也是最后一位皇帝。

赫斯珀里乌斯用圣墓上的一块泥土，驱走了家中出没的幽灵，后来，这块泥土被送到了教堂，使一个瘫子突然痊愈；一位妇女曾在游行中用一小捧花束碰了碰圣斯蒂芬的神龛，又用这花束擦了擦自己的眼睛，失明多年的双眼便重见光明；此外，还有诸多奇迹，圣奥古斯丁声称自己都曾亲眼目睹。对于他以及被他请来作证的奥雷利乌斯和马克西米努斯两位主教，我们能辩解些什么呢？说他们无知、单纯、草率，还是居心不良、冒名行骗呢？当今时代，会有人如此厚颜无耻，认为自己在道德、虔诚、学识、判断力或任何方面，能与他们相媲美吗？

他们无需提出任何理由，仅凭威信，就能将我说服。

——西塞罗

蔑视自己所不理解的事，不仅伴随着荒唐的狂妄，而且会导致严重的危险和后果。因为你根据自己理解的极限，为真理和谬误划定了界限，而在那之后，一旦你必须相信比你已否认的更加奇怪的事情，你又不得不放弃你所划定的界限。

如今在我们所面对的宗教骚乱中，我认为，如此扰乱我们良知的，便是天主教徒放弃了太多的信仰。他们在某些有争议的信条上向对手妥协时，自认为显得温和又明智，殊不知让

蔑视自己所不理解的事，不仅伴随着荒唐的狂妄，而且会导致严重的危险和后果。因为你根据自己理解的极限，为真理和谬误划定了界限，而在那之后，一旦你必须相信比你已否认的更加奇怪的事情，你又不得不放弃你所划定的界限。

步和退却会给对手带来多大好处，助长他们的气焰，况且，他们认为无关紧要而选择妥协的信条，往往是非常重要的。我们要么完全服从教会的权威，要么彻底放弃对它的服从，由不得我们来确定服从的范围和程度。

我敢说这话，是因为我曾尝试自作主张，无视某些看似空洞而怪异的教规，后来通过与学者们交谈，我发现它们都有着坚实的根基，唯有愚昧和无知才使我们薄此厚彼。我们为什么不想一想，在我们的判断中会发现哪些矛盾？有多少东西昨天还被我们视为信条，今天就成了无稽之谈呢？虚荣和好奇是心灵的病根，后者令我们对一切嗤之以鼻，而前者则不容我们留下任何怀疑与悬念。

论节制

我们的触碰如同有魔力似的，原本值得称道的好东西，一经我们的手，就会败坏。倘若我们怀着强烈的欲望，死抓着美德不放，美德就会变得邪恶。有人说："美德从来不会过分，一旦过分，就不是美德了。"这不过是文字游戏而已。

追求美德过了头，
智者就应称为疯子，君子就应称为小人。

——贺拉斯

这是一则非常微妙的哲理。一个人可能过于热爱美德，又过分追求公正。《圣经》中也说："不要过度明智，而要适度明智。"

我知道有位大人物，为了显得比同类人更虔诚，反而损害了自己宗教信仰的名声。

我喜欢克制而温和的性格。过度的热情，即使是善意的，即使并无冒犯，也会令我惊讶，不知该称它为什么才好。

无论是波萨尼亚斯[1]的母亲，还是独裁者波斯图缪斯，在我看来，与其说是公正，不如说是莫名其妙。前者第一个下令处死自己的儿子，并且带头扔出石头；后者只因自己的儿子年轻气盛，比大部队稍早一些成功扑向敌人，便处死了他。如此野蛮的美德代价高昂，我既不提倡，也不愿效仿。

一箭射过靶子的弓箭手，和射不到靶子的弓箭手一样，都是没有射中。抬头迎上强烈的光线，和低头望向黑暗的深渊一样，都令我两眼昏花。在柏拉图的著作中，加里克莱曾说，极端的哲学是有害的，他建议不要过度沉迷，超出利害的界限。节制的哲学令人愉悦，对人有益，而一旦过了头，就会使人变得野蛮和邪恶，藐视宗教和法律，与人际交往和大众享乐为敌，无法从事任何公务管理，既不能帮助别人，也不能帮助自己，只能落得遭受种种唾弃的下场。此话不假，因为过度的

---

[1] 波萨尼亚斯，古希腊斯巴达的国王。在普拉提亚战役的第二年先后收复塞浦路斯和拜占庭，因此野心膨胀，渴望主宰整个希腊，于是暗地里和波斯王书信往来进行勾结。在阴谋败露后，波萨尼亚斯东躲西藏，最后逃进雅典娜神庙，愤怒的斯巴达人包围神庙后，用石块堵住门窗，据说波萨尼亚斯的母亲觉悟甚高，亲手垒上第一块石头以示大义灭亲。昔日叱咤风云的一代名将，就这样被困死在神庙里面。

哲学会束缚我们与生俱来的自由，以一种惹人厌烦的诡秘伎俩，引导我们偏离天性为我们开辟的坚实大道。

我们对妻子的爱是合情合理的，但神学却认为应该约束和限制这种爱。我记得曾经在圣多玛斯·阿奎那[1]的著作中读到，他谴责一切近亲婚姻，其中一个理由便是：这会导致男人对妻子的感情面临过度的危险；因为夫妻之间理应全心全意彼此相爱，但额外增加的亲情无疑会使丈夫超出理性的界限。

神学、哲学这些约束人们举止的学科，在方方面面都有发言权；没有任何私密的行为能够逃过它们的审视和管辖。最能限制自己自由的人，便是最有教养的人。女人寻欢作乐时可以尽情暴露自己的裸体，但在必须脱衣就诊时却全都羞答答的。因此，如果还有哪个丈夫太过热衷于履行婚姻义务，那么出于为他们着想，我要告诫他们，与妻子交欢时不加节制也是应该受到谴责的，这种肆意纵情放浪的罪过就像不正当的性关系一样理应受到谴责。初尝禁果时轻浮而淫荡的举动和态度，

---

[1] 圣多玛斯·阿奎那（约1225—1274年），欧洲中世纪经院派的一位哲学家和神学家，是自然神学的首倡者之一，也是托马斯主义的创立者，其代表作为《神学大全》。

婚姻是严肃而虔诚的结合，因此我们从中得到的快乐也应该是冷静、稳重的，且带有某种庄严，应该是一种谨慎而认真的愉悦。

不仅失礼，而且是对妻子的伤害。至少让她们从别人那里明白什么叫厚颜无耻吧。她们向来能够满足我们，至于我自己，则总是选择最简单的形式。

婚姻是严肃而虔诚的结合，因此我们从中得到的快乐也应该是冷静、稳重的，且带有某种庄严，应该是一种谨慎而认真的愉悦。鉴于婚姻的主要目的是传宗接代，因此有人提出疑问：如果已经没有了生育的希望，如果妻子已经过了妊娠的年龄，或者已经怀了孕，那么是否还允许拥抱她们呢？按照柏拉图的说法，这是谋杀。有些民族，憎恶一切与孕妇同房的行为，还有一些民族反对与经期的女性同房。齐诺比娅[1]只为受孕才与丈夫交合，此后，在整个怀孕期间都让他自由行动，直到想要再次受孕。这可真是值得称道的崇高婚姻的典范。

柏拉图还从一位穷困潦倒的浪漫诗人那里听来一个故事：有一天，朱庇特[2]欲火难耐，等不及妻子上床，就将她按在地板上，强烈的快感使他忘记了刚刚在天庭与其他神灵作出

---

[1] 齐诺比娅，亚美尼亚王的女儿。
[2] 朱庇特，罗马神话里统领神域和凡间的众神之王，古老的天空之神、光明与法律之神，是罗马十二主神之首。

的重大决定，还吹嘘说这次就像从前背着父母夺去她的童贞那次一样带劲儿。

波斯的国王们每逢节日都邀请后妃出席宴会，但当酒兴高至，想要纵情狂欢时，便将她们打发回去，以免她们参与到淫乱的活动中，同时召来那些无需如此尊重的女性作陪。

享乐和满足并非人人有份。伊巴密浓达[1]曾把一名浪荡青年关进大牢，佩洛皮达斯[2]前去斡旋，请求放了那个青年，却遭到了伊巴密浓达的拒绝。但当他家的一位姑娘同样前来求情时，刚一开口，便得到了应允。伊巴密浓达说，这份人情能给这样的姑娘，但不能给一位将军。

索福克勒斯在官署陪同伯里克利的时候，无意间看到一个漂亮的男孩经过。"哦，那男孩可真迷人！"他说。"这可能是好事，"伯里克利回答道，"对其他任何人都是好事，但对军政长官却不是，他不但手要干净，眼睛也要干净。"

罗马皇帝埃利乌斯·维鲁斯的妻子责怪他宠幸其他女人。

---

[1] 伊巴密浓达（公元前418—公元前362年），古希腊城邦底比斯的将军兼政治家。
[2] 佩洛皮达斯（约公元前410—公元前364年），古希腊城邦底比斯的将军兼政治家。

他回答说，他这样做是出于良心，因为婚姻代表着荣誉和尊严，而非淫乱和纵欲。我们的经史作家们对一位女子怀有崇敬之情，她因为不愿顺从于丈夫泛滥的淫欲而抛弃了他。总而言之，如果放纵和过度不受谴责，那么便不存在恰如其分的快乐。

然而，说实在的，人难道不是最可怜的动物吗？天性使他难以品味纯粹而完整的快乐，还要千方百计地用教条和戒律来压榨那仅有的一点快乐。若不是煞费苦心自寻烦恼，人本不应如此悲惨。

我们人为地增加了命运的不幸。

——普罗佩提乌斯[1]

人的智慧在愚蠢地运用自己的才能，减少和削弱我们本应享有的快乐，又巧妙地掩饰生活的痛苦，制造假象麻痹我们的感觉。如果我能做主，我会采取另一种更自然的做法，说

---

[1] 普罗佩提乌斯（约公元前50—约公元15年），古罗马诗人，继承和发扬了卡图卢斯用哀歌体写爱情诗的传统，对后世欧洲诗歌的发展有不小影响，《空旷的树林西风轻拂》是其代表作。

人难道不是最可怜的动物吗？天性使他难以品味纯粹而完整的快乐，还要千方百计地用教条和戒律来压榨那仅有的一点快乐。若不是煞费苦心自寻烦恼，人本不应如此悲惨。

实话，那是既方便又神圣的，或许也会让我有足够的力量做到节制。

虽然我们的灵魂医生和身体医生就像商量好了似的，除了痛苦和折磨之外，找不到其他治愈身体和灵魂的方法，但他们依然为此引进了各种苦难的方式，例如守夜、禁食、穿粗麻衣服、隔离、流放、终身监禁、鞭笞等，只要能带来真正的痛苦，让人刻骨铭心就可以，而不至于像那位加里奥一样，被流放到莱斯博斯岛上之后，不久罗马收到消息说，他在那里过得很滋润，他所受的惩罚反倒成了享受。于是，元老院决定将他召回来，关在家里，和妻子待在一起，以便让他感受到惩罚的痛苦。

因为，对于那些禁食后反而更加健康活泼的人，对于那些喜欢吃鱼胜过吃肉的人，这些良药已经不再有任何疗效。就像在另一种医疗中，能把药物吃得大快朵颐的人，药物对他已经起不到任何作用。味道苦涩难以下咽是药物生效的必要条件。对于吃惯大黄[1]的人，使用大黄纯属浪费。只有能刺激胃

---

[1] 大黄，在中国通常指马蹄大黄，主要作药用，但在欧洲和中东，往往指作食用的大黄属植物，茎红色，气清香，味苦而微涩，嚼之粘牙，有砂粒感。

的药物才能治愈胃病；这里有一条普遍规律，相反的属性可以彼此化解，正所谓以毒攻毒。

这种看法有点类似于另一种古老的信仰，认为要以屠杀生灵来祭祀天地，这是所有宗教都曾普遍接受的观念。直到后来我们祖先生活的时代，穆拉德二世[1]在攻占科林斯地峡[2]时，杀死了六百名希腊青年，用这些鲜血当作祭品为死者赎罪，以祭奠他父亲的亡灵。当代发现的那些新大陆，与我们的大陆相比，依然是纯洁的处女地。从某种程度上来说，这种做法也是随处可见。他们的所有偶像都沾染着人类的鲜血，其中不乏各种恐怖残忍的事例。在那些即将被当作祭品的可怜人中，也不乏忠贞不屈的伟大楷模，一些老人、妇女和儿童，提前几天就主动乞求准许他们作为献祭的牺牲品，并和在场的人一起唱歌跳舞，把自己送上祭台。

---

[1] 穆拉德二世，奥斯曼帝国（1299—1923年的土耳其帝国）的第六位苏丹。
[2] 科林斯地峡，希腊南部联系大陆和伯罗奔尼撒半岛的狭窄地峡，宽仅6.5公里。

墨西哥国王的使臣们曾对费尔南多·科尔特斯[1]大谈他们君主的才能和伟大，说他有三十位封臣，每位封臣可以召集十万名战士；他的宫殿建在世上最宏伟坚固的城堡中；而且他每年都要向神灵献上五万人牲。事实的确如此，他不断地向强大的邻国发起战争，不仅是为了锻炼本国的青年，更重要的是为了获得战俘充当祭品。在另一个城镇，为了欢迎上述这位科尔特斯，他们一次杀了五十个人牲。

这件事我还没说完。有些国家被他打败后，派人前来求和，想要归附于他。使臣献给他三件礼物，并说："君主，请看，这里有五名奴仆。假如你是暴虐之神，以血肉为食，那么就请吃掉他们，我们还会多带些来；假如你是仁慈之神，这里有香料和羽毛；假如你是个人，那么就请收下我们带来的鸟儿与水果。"

---

[1] 费尔南多·科尔特斯，16世纪西班牙的征服者，曾参与征服古巴、墨西哥等地。

论说话的快与慢

一个人不会被赋予全部恩典。

——拉博埃西[1]

口才也是如此,我们看到有些人能言善辩,所谓出口成章,任何场合都能应对自如;而另一些人则慢条斯理,不经深思熟虑,绝不敢开口说一句话。

如今,我们教年轻的女士根据自身的优点安排运动和健身,同样,当今最需要口才的律师和布道者[2]也有两种不同的优势,如果我有资格提出建议的话,那么我认为,说话慢的人适合布道,说话快的人适合当律师。因为布道者有充足的时间做准备,而且布道是一个连续的过程,中间不会被打断;而律师则必须随时进入状态,对手出乎意料的辩驳和答复会干扰他的思路,迫使他随机应变,即刻找到新的对策。

---

1 拉博埃西,这里指蒙田的友人拉博埃西,一位大法官,近代法国政治哲学的奠基人,其代表作为《反暴君论》。
2 布道者,指传播宗旨、教义的人。

然而，克莱蒙教皇与弗朗索瓦一世在马赛会面[1]时，却发生了截然相反的情况。普瓦耶先生一生致力于法律事业，因好口才而享有盛誉，他负责向教皇致辞，事先花了很长时间苦思冥想，据说还从巴黎带来了讲稿。到了致辞当天，教皇担心致辞中会有什么内容冒犯到在场其他君王的使臣，于是派人将他认为此时此地最合适的话告知给弗朗索瓦一世。然而这些话恰恰与普瓦耶先生精心准备的讲稿背道而驰，因此，这篇讲稿只能作废，他需要立刻另写一篇，但他发现自己已经无能为力，只好由杜贝莱主教完成这项任务。

辩护无疑比布道难得多，但我认为，至少在法国，好的律师比好的布道者要多。

看起来才思敏捷的人具有行动迅猛的本性，而明察秋毫的人则具有沉着审慎的本性。但有些人没有时间准备，就彻底开不了口，有些人就算有时间准备，也同样没法好好开口。

有人说，赛维吕斯·卡西乌斯在即席发言时表现得最精彩，这要更多地归功于他的天赋，而非勤奋。每当讲话受到干

---

[1] 马赛，法国南部的一座港口城市；会面指的是1538年克莱蒙教皇与弗朗索瓦一世的和解。

扰，他就会发挥得更好，他的对手都害怕激怒他，担心这会惹得他越发能言善辩。

经验告诉我，这种天性无法忍受单调乏味的精心准备，如果不能任意发挥，就无法体现其价值。我们说有些作品确实晦涩难懂，需要夜以继日地辛苦奋战。但除此之外，过于想要把事情做好，过于胆战心惊，竭尽所能地对待工作，就会使这种天性损毁受阻，如同汹涌的激流无法通过狭窄的闸口。

我所说的这种天性还会出现这样的情况，它不能受到强烈情绪的干扰和刺激，就像卡西乌斯的暴怒那样（因为这样的爆发过于猛烈）；它需要的不是冲撞，而是诱发；它需要在突如其来的意外中被唤醒、被振奋。如果没有这一切，它就会疲乏、衰弱；只有受到了煽动，它才会熠熠生辉，充满活力。

我的自控力总是很糟，偶然因素对我有更多的掌控权。场合、伙伴，甚至自己声音的起伏，比我苦苦追寻更能扩宽我的思路。因此，非要拿两个没有价值的东西做比较的话，我的语言比我的文章更有价值。

同样，我东寻西觅却找不到想说的话，偶然的灵感反而胜过冥思苦索。我在写作中，有时可能突然会冒出来一些想法，在别人看来是无聊沉闷的，但在我看来却是新奇有趣的——咱们就别客气了，每个人都是根据自己的个性谈论自己。但当我回到主题时，已经忘了自己要说什么，往往是别人在我之前发现了答案。如果把这些突然冒出来的想法全部删去，我就只能交白卷了。幸好有时我能写得比正午的阳光更加清楚明白，让我诧异于自己的摇摆不定。

论发怒

普鲁塔克在方方面面都值得钦佩,尤其是他对人类行为的辩论。他在利库尔戈斯和纽默的比较中说得多么有道理,他认为,把孩子交给父亲照顾和管教是愚蠢至极的。正如亚里士多德所言,我们大部分社会,"都是以独眼巨人库克罗普斯[1]的方式,让男人们根据自己荒谬而轻率的想象管理妻儿;几乎只有斯巴达人和克里特人将儿童教育法治化。谁不明白国家的一切都取决于对孩子的教育和培养?可是,人们还是毫不慎重地让孩子听凭父母的摆布,使他们变得像父母一样愚蠢病态"。

尤其是当我走在街上,看到某个大发雷霆、怒不可遏的父亲或母亲对孩子拳打脚踢,把孩子揍得生不如死时,多少次我想来一场闹剧,替那些可怜的孩子报仇!你会看到那些父母怒气冲冲、两眼冒火:

---

[1] 库克罗普斯,独眼巨人,只有一只眼睛长在前额正中的巨人族,群居在库克罗普斯岛上。他们是神祇的仆人,为各位神灵工作。

他们怒火中烧，一头栽下，
如同巨石从山上脱落，
剩下光秃秃的峭壁。

——尤维纳利斯[1]

（根据希波克拉底[2]的说法，最危险的疾病是那些使容貌变丑的疾病）他们还经常对刚刚断奶的婴儿大嚷大叫、咆哮如雷。孩子们被打成了残废和痴呆，而我们的司法却对此毫不理会，就好像这些受到伤害和摧残的不是我们社会的一员似的：

你给国家和人民贡献人口，这是好事，
只要能让他为国家服务，
致力于耕种土地，有益于战争与和平。

——尤维纳利斯

没有一种激情比愤怒更能使人失去正确的判断力了。如果一个法官仅仅出于愤怒而给犯人定罪，没有人会反对判法官

---

1 尤维纳利斯（约60—约140年），古罗马诗人，由他创作并流传下来的16首讽刺诗带有宿命论色彩，揭露了罗马帝国的暴政，抨击贵族男女的道德败坏，同情贫民的困苦生活。
2 希波克拉底（公元前460—公元前370年），古希腊伯里克利时代的医师，被西方尊为"医学之父"，是西方医学的奠基人。

死刑；那么为什么就允许父亲和教师在发怒时鞭打和惩罚孩子呢？这不是惩戒，而是报复。对孩子来说，惩罚就是药物；但我们能容忍医生对他的病人动怒吗？

我们自己就要做好，发怒时绝不要对仆人动手。当心跳加速、情绪激动时，就把事情搁置一下；等冷静下来后，对事情的看法就不一样了。否则就会被情绪所操控，是情绪在说话，而不是我们。

带着情绪看错误，错误就会比实际大得多，就像透过迷雾看物体一样。肚子饿的人需要吃肉；但想实施惩罚的人，则不应对惩罚如饥似渴。再说，有分量且谨慎的惩罚，受罚者更易接受，更有效果；否则，如果惩罚来自一个被暴怒冲昏头脑的人，那么受罚者不会认为自己受到了公正的对待，他会以主人的情绪失控、面红耳赤、口不择言、急躁鲁莽来为自己辩护：

他们的脸因愤怒而肿胀，血管因愤怒而变黑，
双眼喷出怒火，比戈耳工[1]的眼睛还要闪亮。

——奥维德

---

[1] 戈耳工，希腊神话中的魔物，是三个长有尖牙、头生毒蛇的恐怖女妖，最小的那位美杜莎是她们的代表。

根据苏埃托尼乌斯[1]的记载,凯乌斯·拉比里乌斯被凯撒判决后,求助于人民裁决,他之所以能胜诉,其中最有利的因素就是凯撒在判决中表现出了敌意和愤怒。

说与做是两回事,我们要把布道和布道者分开来考虑。这些人在我们的时代故意制造麻烦,试图利用布道者的恶行来动摇我们教会的真理。教会的真理从别处得到证实。这是愚蠢的论证方式,会使一切陷入混乱。道德高尚的人可能会有错误的观点,而坏人即使不相信真理,也可以宣扬真理。言行一致,无疑是一种美妙的和谐;我不否认,说到做到则更有权威,更有效果。正如斯巴达国王欧达米达斯听到一位哲学家大谈军事时所说:"这些话说得好听,但说话的人并不可信,因为他的耳朵对号角的声音非常陌生。"克莱奥梅尼听到一位演说家在大谈英勇,突然大笑起来,这一举动惹怒了演说家,而克莱奥梅尼却对他说:"如果是一只燕子谈这个话题,我也会这样笑;但如果是一只雄鹰,我愿意洗耳恭听。"

我在古人的著作中似乎察觉到,直抒己见的人比只会装

---

[1] 苏埃托尼乌斯(69—122年),罗马帝国初期的著名历史作家,著有《罗马十二帝王传》《名人传》《名妓传》等图书。

腔作势的人更能打动人心。听听西塞罗谈热爱自由，再听听布鲁图斯谈这个问题，仅仅通过文字就可以感受到，后者愿意用生命换取自由。让雄辩之父西塞罗谈谈对死亡的蔑视，让塞涅卡也谈谈这件事：前者讲得拖泥带水，你会觉得，他想让你下定决心的事，他自己都没有下定决心，更无法激起你的勇气，因为他自己也没有勇气；而后者则会激发你的活力，点燃你的热情。我读过的作家，即使是那些谈论美德和行为的作家，我也会好奇地探究他是怎样一个人。

在斯巴达，监察官看见一个道德沦丧的家伙向人民提出一条好建议，便命令他保持沉默，而恳请一个品行端正的人把它当作自己的建议提出来。

对于普鲁塔克的著作，如果理解得很透彻的话，就足以发现作者的为人，因此我想我甚至了解他的灵魂；然而，我希望我们能对他的生平有更全面的描述。我如此偏离了主题，还是得感谢格利乌斯[1]，因为他给我们留下了一个关于普鲁塔克行为举止的故事，这使我又回到了发怒的话题上来。

---

[1] 格利乌斯，罗马帝国时期的作家，晚年创作于雅典的《阿提卡之夜》为其代表作。

他的一个奴隶,是个恶劣卑鄙的家伙,但是耳朵里灌进了不少哲学理论。他因为犯了错,被普鲁塔克下令脱光衣服并用鞭子抽打,起初他嘟嘟囔囔说自己没做错什么,不应该挨打;但最后,他对着主人大嚷大叫,骂骂咧咧,指责他不像他自夸的那样是一个哲学家——他经常听他说发怒是不道德的,还为此写了一本书;可他在盛怒之下,让他受此毒打,这完全证明了他所写的一切都是假的。普鲁塔克沉着冷静地回答道:"怎么,恶棍,你凭什么判断我现在生气了?我的面孔,我的脸色,我的声音,哪一点能看出我动怒了?我不认为我眼露凶光,勃然变色,大声吼叫。我脸红了吗?我喷唾沫了吗?我说了什么应当后悔的话了吗?我发抖了吗?我气得哆嗦了吗?我告诉你,这些才是发怒的真正标志。"说完,他转过身来,对那执行鞭刑的人说,"这位先生和我争论时,你继续干你的活儿。"这就是他的故事。

塔兰托[1]的阿契塔[2]从他担任统帅的一场战争中归来,发

---

[1] 塔兰托,意大利东南部的一座城市,是意大利最重要的港口之一。

[2] 阿契塔(公元前420—公元前350年),试图把纯粹的技艺应用于力学的第一个希腊数学家,数学力学的奠基人。

现由于管家管理不善，家里的一切都混乱不堪，田里杂草丛生。于是他把管家叫来，对他说："滚吧，如果我没发怒的话，会好好揍你一顿。"柏拉图也是如此，他对他的一个奴隶大发雷霆，命令斯珀西普斯惩罚他，借口说他正在生气没法亲自动手。斯巴达国王卡里鲁斯面对一个傲慢无礼的奴隶说道："诸神在上，如果我没生气，我会立即把你处死。"

这是一种自我陶醉、自命不凡的情绪。当我们为错误的理由而动了怒，如果冒犯我们的人作出有力的辩解，提出正当的理由，多少次我们会不顾事情的真相和对方的清白而发怒呢？为了证明这一点，我回想起古代一个极好的例子。

比索是一个品德高尚的人，他对手下的一名士兵动了怒，因为那人和一个同伴去割草，却独自一人回来，又说不出把同伴丢在了什么地方，比索便认定他把同伴杀了，当场判他死刑。他刚登上绞刑架，就看见那位走失的同伴回来了，全军都非常高兴，两个战友抱了又抱，之后刽子手把他俩带到比索面前，在场所有人都以为这对他来说也是一件大喜事。但事实却恰恰相反，由于羞耻和怨恨，他本就没平息的怒火这下烧得更旺了。盛怒之下，他灵机一动，想到一个主意，他原本发现其中一人是无辜的，却判了三人都有罪，并把他们全部处决了：第一个士兵，是因为他已经被判刑了；第二个走失的士兵，因为是他害死了他的同伴；还有刽子手，因为他没有服从对他下达的命令。

与暴躁固执的女人打过交道的人可能都有体验，当以沉默和冷漠来对抗她们的狂暴，不屑于助长她们的怒气时，她们会变得多么愤怒。雄辩家塞利乌斯生性暴躁易怒，有个谈吐温文尔雅的人和他共进晚餐，为了不触怒他，便对他所说的一切都表示赞同和认可。塞利乌斯见自己的坏脾气没了滋养，就这么消磨掉了，于是忍无可忍地说道："看在神的分上，你就反驳我一下吧，这样我们才算是两个人啊。"女人也是如此，她们效仿爱情法则，发怒只是为了让别人也发怒。福基翁[1]遇到有人用粗暴无礼的话打断他，只是保持沉默，给对方充分的自由和时间来发泄怒气；就这样，狂风暴雨过去后，他从之前中断的地方继续讲起，对受到的干扰只字未提。任何回应都不如这样的轻蔑令人恼火。

---

1 福基翁（公元前402—公元前318年），雅典城邦的一位政治家和将领。

对于这位最容易发怒的法国人（发怒总是一种缺陷，但在军人身上是可以原谅的，因为干这一行有时难免要发怒），我常说，他是我所认识的最有耐心的人，也是最小心控制自己情绪的人；但情绪一上来，他的内心就会充满狂暴和愤怒。

伴随着响亮的噼啪声，
柴火在沸腾的釜侧燃烧，
水沸腾着越过边界，
由此涌出激流，泛起泡沫，
它控制不住自己的力量，
一股黑烟腾空而起。

——维吉尔

他不得不残酷地强迫自己缓和它。就我而言，我不知道我有什么情绪能用如此强烈的力量来掩饰和隐藏；我不会把智慧的代价定得这么高；我看重的不是一个人做了什么，而是他付出了多大的代价避免做得更糟。

还有个人向我夸口说，他的举止端庄又温和，这确实非同寻常。我回应他说，这的确了不起，尤其是像他这样具有杰出品质的人，每个人都关注着他，在世人面前，他总是表现出好脾气的样子；但最重要的是要为内心和自我着想；在我看来，表面井井有条而内心烦躁不安则不是好事，我怕他戴上这样的面具，维持这样的表现。

一个人通过隐藏愤怒，把愤怒吸入体内，就像第欧根尼[1]对德摩斯梯尼[2]说的那样——后者躲在酒馆里害怕被人发现，就愈加往里缩："你越往后退，就陷得越深。"如果一个人的仆人做事不大得体，我劝他宁可给那仆人一记耳光，也不要绞尽脑汁摆出一副严肃而镇定的表情。我更愿意把情绪发泄出来，而不是付出代价压抑它们；发泄之后，情绪就会逐渐减弱。矛头指向外界，好过转向内心。

暴露在外的罪恶危害不大，
隐藏在伪善之下则最为恶劣。

——塞涅卡

---

1 第欧根尼（约公元前412—公元前324年），古希腊哲学家，"犬儒学派"代表人物，强调禁欲主义的自我满足，他居住在一只木桶内，过着乞丐一样的生活，每到白天都会打着灯笼在街上"寻找诚实的人"。
2 德摩斯梯尼（公元前384—公元前322年），雅典城邦的雄辩家、民主派政治家。

我告诫那些在我家里有权发怒的人，首先要控制好自己的怒气，不要到处大发雷霆，因为这样既降低了价值，又妨碍了效果：随意斥责成了习惯，就会被当作耳旁风；你指责一个仆人偷东西，他无动于衷，因为同样的事情他已经见你做过一百次了，就为了没有洗干净一只杯子，或是把一张凳子放错了地方。其次，发怒不要无的放矢，要让被指责者接收到指责；因为他们通常在被指责者尚未来到面前时就大喊大骂，等他走了以后还要继续骂上一个世纪：

气到发狂就是与自己争斗。

——克劳迪乌斯[1]

他们攻击自己的影子，使暴风雨降在无人受指责、无人被牵涉，只有他们在大声喧哗的地方。我同样谴责那些在争吵时漫无目的地生气冒火的人，那些大言不惭的话应该留着向攻击对象说：

---

1 克劳迪乌斯（公元前10—公元54年），罗马帝国朱里亚·克劳狄王朝的第四任皇帝（41—54年在位）。

> 犹如迎战的公牛，发出可怕的咆哮，
> 双角撞树，四腿乱蹬，
> 扬起尘土作为战斗的序幕。
>
> ——维吉尔

当我发怒时，我的怒气难以遏止，但也非常短暂，并且尽量隐秘。我确实会突然强烈地失控，但不会惹出麻烦；我随意地、不加选择地说出各种伤人的话，但从来没有想过要把矛头指向伤害最深的地方，因为我通常只会用舌头作为武器。

我的仆人在大事上比在小事上更能跟我讨价还价。小事让我措手不及；不幸的是，一旦你走到悬崖边，不管是谁推你，你总会一跌到底；急速跌落，速度越来越快。在大事上，出于正当理由，每个人都预料到会有一场合情合理的愤怒，此时让我引以为荣的是，我能做得出乎他们的意料，这让我感到满足；我竭尽全力，做好对付怒气的准备；它们扰乱我的思绪，威胁说，我若由着怒气爆发出来，就会变得不可收拾。我可以很容易地控制自己不陷入这种激情之中，而且当我打算这样做时，我的力量足以击退它们的入侵，无论它们的理由多么充分；然而，一旦某种情绪占据了我，抓住了我，就会把我带走，无论它的理由多么微不足道。我跟那些可能与我争论的人商量："当你看到我先动怒了，不管我是对是错，让我发泄出来；我也会为你这样做。"只有双方互相激发，而非各自同时开始，合力发怒才会引起暴风雨。让每个人各发各的怒，我们就会相安无事。这是个有益的忠告，但做起来却很难。有时候，为了把家管理得更好，我也会装出发怒的样子，而没有真的发怒。随着年龄的增长，我的性情越发尖刻，我学着对付它们。如果可以的话，从今以后，我要努力做到越是有借口和倾向，就越要少些暴躁、少些挑剔，尽管迄今为止我一直被认为是最有耐心的人之一。

再用一句话来总结这个论点——亚里士多德说，有时候发怒可以作为美德与勇敢的武器。这很有道理。然而，那些反驳他的人风趣地回敬说，这是一种新式用途的武器：我们通常会摆弄其他武器，而这种武器会摆弄我们；我们的手不指挥它，而由它来指挥我们的手；是它控制我们，而不是我们控制它。

灵魂无益空耗，日渐失去本真

我们国家有一位绅士，因痛风病大受折磨，医生叮嘱他彻底戒掉吃各种咸肉的习惯，他总是笑着回答说，在病得最严重的时候，他必须把气撒在什么头上，一会儿责骂博洛尼亚香肠，一会儿诅咒风干口条和火腿，这样来缓解痛苦。但是，说实在的，正如挥起手臂要击打时，如果打空了，就会把自己弄疼；又如想要看到美景，就不应该让视线迷失而漫无目的地飘在空中，而是要有一定的界限和对象，把视线限定在合适的距离内。

若不是遇上了重重林木，
风力就会减弱，消散在空中。

——卢坎

灵魂在癫狂和混乱时，如果没有什么东西来与之抗衡，它似乎就会把力量转向自己；因此它总是需要瞄准一个目标，由此采取行动。普鲁塔克谈到那些喜欢小狗、猴子的人时，他说，由于人们的爱心缺少合适的对象，与其空耗，不如就这样制造一个虚假无聊的对象。我们看到，当灵魂处于激情中时，它宁愿欺骗自己，创造一个虚假的、幻想的东西，甚至违背自己的信念，也不愿毫无目标。野兽也会以同样的方式，将怒气撒到伤害它们的石头或武器上，甚至用牙齿咬自己，以此报复受到的伤害。

> 被利比亚人的标枪击中后，
> 帕诺尼的熊变得更加凶猛，
> 转过头来对着伤口，
> 攻击插在上面的矛头，
> 飞一般地扭动着身体。
>
> ——卢坎

对于降临到我们头上的不幸，有什么理由是我们编造不出来的？当我们想要抱怨时，无论合不合适，有什么是我们不会指责的？当一颗不幸的子弹杀死了你心爱的兄弟，你不必撕扯你美丽的头发，也不必在愤怒中无情地捶打你洁白的胸膛；还是拿别的东西撒气吧。提图斯·李维谈到在西班牙的罗马军队时说，由于失去了两位兄弟，他们的大将军：

> 让所有人顿时哭了起来，撕扯着头发。
>
> ——提图斯·李维

这是常见的做法。哲学家皮翁在谈到那位因悲伤而揪自己头发的国王时风趣地说："这个人认为秃顶可以治疗悲伤吗？"谁没见过脾气暴躁的赌徒，为了报复自己的损失，把纸牌嚼碎咽下，把骰子吞下去？薛西斯一世[1]鞭打大海，向阿陀斯山[2]发出挑战书；居鲁士[3]让一整支军队忙活了好几天，为了报复自己在过金努斯河时受到的惊吓；卡里古拉拆毁了一座非常美丽的宫殿，因为他的母亲曾在那里享受过欢乐。

记得我小时候流传着一个故事：一个邻国的国王被上帝揍了一拳，发誓要报仇，为此他下令十年内任何人都不许向上帝祷告，不许在他的领地内提到上帝，只要他在位，就不许信仰上帝。他们讲这个故事的用意，与其说是描绘这个民族的愚蠢，不如说是描绘这个民族的虚荣。恶习总是相伴而生，但事实上这些行为更多的是自以为是，而不是缺乏智慧。

---

[1] 薛西斯一世（约公元前519—公元前465年），波斯帝国的一位皇帝（公元前485—公元前465年在位）。
[2] 阿陀斯山，位于希腊海岸的哈尔基季基州。
[3] 居鲁士（约公元前600—公元前530年），波斯帝国的建立者，即波斯皇帝之一。

奥古斯都·凯撒[1]在海上遇到狂风暴雨，便要反抗海神尼普顿[2]，为了报仇，他在罗马竞技场的盛大比赛中，将海神的雕像从诸神的雕像中撤了下来。在这一点上，他比前面几位的做法更不可原谅，也比后来他在德国败给瓦鲁斯[3]时的做法更不可原谅，当时他在愤怒和绝望中把头撞在墙上，大声喊道："瓦鲁斯啊！把我的军团还给我！"因为这些人超越了一切愚蠢，再加上亵渎神明，惹怒了上帝，或至少是侵犯了命运之神，仿佛她有一双听命于我们炮轰的耳朵；就像色雷斯人[4]一样，当打雷或打闪电时，他们就会以泰坦般的复仇之心向天空射击，仿佛要用射出的箭使上帝恢复理智。尽管在普鲁塔克的作品中，一位古代诗人告诉我们：

[1] 这里的奥古斯都·凯撒指的是盖乌斯·屋大维。
[2] 尼普顿，罗马神话中的海神，罗马十二主神之一，也作为马匹之神被崇拜，管理赛马活动，对应希腊神话中的波塞冬，在罗马有神殿，也就是闻名于世的许愿池。
[3] 瓦鲁斯（公元前46—公元9年），罗马共和国末期罗马帝国初期的一位贵族、政治家、军事家、雄辩家，其祖父是后三头同盟之一的马克·安东尼。
[4] 色雷斯人，印欧语系族群，是巴尔干半岛最早的居民之一，主要分布在现今的保加利亚、希腊、马其顿、罗马尼亚和土耳其。

我们不可用自己的事情搅扰神,

他们不理会我们的愤怒和争执。

——普鲁塔克

但是,对于自己的思想混乱,我们的谴责从来都不够。

感情超越自身

有人指责人类总是愚蠢地张着嘴追求未来的事物，并劝告我们要从眼下的事物中获益，寄希望于它们，因为我们对未来毫无把握，甚至比对过去更无把握。大自然为了延续自己的工作而安置我们，它连同其他假象，还给我们留下了嫉妒我们的行为多于害怕我们的知识的假象；如果将此称为错误，那么这些人便触及了人类最普遍的错误。

我们从未与自己同在，却总是超越自己：恐惧、欲望和期待始终把我们引向未来，剥夺了我们对现在的感觉和考虑，使我们以思考未来为乐，即使在面临死亡的时候。

担忧未来的心永远不快乐。

——塞涅卡

柏拉图经常重复这句伟大的箴言："做你自己的事，认识你自己。"这句话的两部分，每一部分大体上都包含了我们的全部职责，而且做到了其中一部分，同样会影响到另一部分。想把自己的事做好的人会发现，他要学的第一课，是认识

我们从未与自己同在，却总是超越自己：恐惧、欲望和期待始终把我们引向未来，剥夺了我们对现在的感觉和考虑，使我们以思考未来为乐，即使在面临死亡的时候。

自己是什么样的人，应该做什么样的事；正确认识自己的人，不会把别人的事错当成自己的事，而是爱自己、提高自己胜过一切，拒绝多余的工作，摒弃一切无益的思想和建议。一方面，愚昧即使可以享受它所渴望的一切，也永远不会满足；另一方面，智慧则默然接受当下，永远不会对自己不满。

伊壁鸠鲁[1]让他的智者们不要对未来有任何的预测和关注。

在那些与死者有关的法律中，我认为相当合理的一条就是在君主死后审查其行为。他们即使不是法律的主人，也与法律平起平坐，正义不能对他们的人身施加压力，但施加在他们的名誉以及继承者的财产上就合理了——我们往往把这些东西看得比生命本身还重要。遵守这一传统的国家可以获得非同寻常的好处，那些不愿在人们的记忆中与昏君受同等待遇的好君主也渴望这样做。我们应该归顺和服从所有国王，无论他们是好是坏，因为这是对他们职务的尊重；至于敬仰和爱戴，则要

---

[1] 伊壁鸠鲁（公元前341—公元前270年），古希腊哲学家、无神论者（被认为是西方首位无神论哲学家），伊壁鸠鲁学派创始人，主张"快乐就是有福生活的开端与归宿"，著有《论自然》《论生活》《论目的》等图书。

看他们是否德行高尚。当他们的权威需要我们的支持时，为了政治秩序，我们可以耐心地容忍他们，无论他们有多么的不值得拥戴，我们还可以掩盖他们的罪行，对他们的碌碌无为提出有帮助的建议。然而，一旦君臣关系不复存在，我们就没有理由拒绝发表对自身自由和公义的真实意见，尤其是抹杀忠臣明知君主有缺点，却依然虔诚忠心服侍他的功劳，这将使后人失去一个有用的榜样。还有一些人，为了维护私人恩怨，不公正地支持和拥护一个昏君的名誉，牺牲公义以徇私权。

提图斯·李维说得很对："在宫廷里成长的人，说话总是充满了浮夸和伪证，每个人无一例外都吹捧他们的君主，把他抬举到极端的美德和至高无上的伟大程度。"

有人可能会谴责那两个当面对尼禄[1]挑衅的士兵的直爽，当尼禄问其中一个为什么对他怀恨在心时，那人说："我曾爱戴你，因为你值得爱戴；但既然你成了一个杀人犯、纵火者、戏子、马车夫，我恨你也是你应受的。"另一个为什么要杀

---

1 尼禄（37—68年），尼禄·克劳狄乌斯·凯萨·奥古斯都·日耳曼尼库斯，罗马帝国朱里亚·克劳狄王朝的第五位（即最后一位）皇帝（54—68年在位）；他行事残暴，被世人称为"嗜血的尼禄"，亦是古罗马乃至欧洲史上著名的暴君。

他?"因为我想不出其他办法来制止你没完没了的恶行。"然而,尼禄死后,公众对其暴政和恶行的一致证词(后人对他以及像他一样的昏君都是如此),判断力健全的人谁会加以谴责呢?

让我愤慨的是,像斯巴达这样神圣的政体中,竟然混杂着一种如此虚伪的仪式:在安葬国王时,所有的盟国和邻国,各个阶层的男女及其奴隶,都要割破额头以示悲伤,哭喊着、哀叹着反复诉说他是最好的国王(哪怕他曾经像魔鬼一样邪恶),以此将只属于功德的赞扬归于他的品质,并且是将属于最高美德的赞扬归于最卑劣低下的品质。

亚里士多德什么都要参与一下,对于梭伦[1]所说的"没有人在生前可以称得上幸福",他质疑道,"那生与死都合心意的人,如果他留下了一个恶名,他的后代都蒙受痛苦,他是否称得上幸福呢?"当我们有生命活力时,我们通过幻想和思索将自己带到任何想去的地方与想做的事情上。可一旦我们死

---

[1] 梭伦(约公元前640—约公元前558年),雅典城邦著名的政治家、立法者、诗人,古希腊七贤之一。在公元前594年出任雅典城邦的第一任执政官,颁布多项法令,史称"梭伦改革"。

去，我们便与存在没有了任何联系；因此梭伦应该说，人永远不会幸福，因为直到死后才会幸福。

> 几乎无人能完全脱离生命的概念，
> 即使在垂死之际；他定会想象
> 他身上的某种东西存活下来，
> 而无法将自己从那遗骸中解脱。
>
> ——卢克莱修

贝特朗·杜·盖克兰[1]在奥弗涅[2]围攻布伊城附近的朗东城堡时死亡，后来被困者在投降时，奉命将城堡的钥匙放在这位统帅的尸体上。威尼斯的将领巴托罗米奥·阿尔维亚诺在布雷西亚为国牺牲，他的尸体在运回途中要经过敌国维罗纳[3]的领土，军中大部分人都认为应该向维罗纳人要求安全通行许可；但特奥多罗·特里伏尔齐奥反对这一提议，他宁愿选择冒着战斗的风险，靠武力开路。他说，一个生前从不惧怕敌人的

---

[1] 贝特朗·杜·盖克兰（1320—1380年），被称为"布列塔尼之鹰"，法国民族英雄，百年战争初期杰出的军事领袖，从1370年到去世，一直任法国骑士统帅。
[2] 奥弗涅，位于法国中部的一个大区。
[3] 维罗纳，意大利北部城市。

人，没有道理在死后向敌人示弱。事实上，根据希腊的法律，在此类情况下，凡是向敌人索要尸体以埋葬的一方，就等于放弃了自己的胜利，再也无权索取战利品，而被索要的一方则获得胜利者的称号。尼西亚斯[1]就是这样失去了战胜科林斯[2]人的明显优势，而阿格西劳斯[3]却恰恰相反，他原本没有把握战胜比奥舍人，却因此得了优势。

这些事情可能会显得很奇怪，古往今来的一种普遍习俗，不仅将我们对自己的关心延伸到今生之外，而且想象上天的恩泽总会陪伴我们进入坟墓，甚至在我们死后也影响着我们的骨灰。关于这一点，古代有很多例证（更不用说我们自己观察到的了），我没有必要再强调了。

英格兰国王爱德华一世在与苏格兰国王罗伯特之间的长期战争中，体验到亲自出马对于事务的成功有多么重要，因为

---

[1] 尼西亚斯（约公元前470—公元前413年），雅典城邦的政治家、军事家，在叙拉古包围战中曾任雅典军的司令官。
[2] 科林斯，位于伯罗奔尼撒半岛的东北部，不仅是贸易和交通要地，也是战略重地。
[3] 阿格西劳斯（公元前444—公元前360年），这里指阿格西劳斯二世，斯巴达历史上的传奇国王（公元前399—公元前360年在位）。

这让他屡战屡胜。临死的时候，他让儿子庄严发誓，一旦他死了，就把他的尸体煮得骨肉分离，然后把肉埋葬，把骨头保存起来，以便在与苏格兰开战时随军带上战场，仿佛命运注定要把胜利附在他的遗骸上。

上述例子是为了将生前的成就所获得的名誉保持到身后，而下述例子则为身后赋予了某种存在与行动力。

贝阿德将军的事迹就是一个不错的例子，他被一支火绳枪击中，自觉性命难保，旁人劝他退出战斗，他回答说，他不会在最后一刻把背转向敌人，于是继续战斗，直到筋疲力尽，再也无法安坐于马上，他命令仆从把他扶到一棵树下，然而是为了面对着敌人死去，他也确实这样做了。

在这一点上，我必须再举一个例子，它与前述的任何例子一样不同寻常。马克西米利安皇帝，菲利普国王的曾祖父，是一位集各种高尚品质于一身的君王，并且拥有独特的美貌。然而，他有一种与其他君王截然不同的脾气，他不会像他们那样，为了处理紧急事务，把马桶当作王座，无论多么熟悉的侍从，都不允许看到他如厕的样子，他会像处女一样偷偷躲到一旁，拘谨地小便，羞于向医生或其他任何人暴露我们惯于遮掩的部位。我自己说起话来虽然粗俗，然而天性中也带有这种羞怯，除非出于必要或享乐，我从不把习俗要求我们遮掩的部位或动作暴露给别人。身为一个男人，尤其是在我这样的职业中，我受的约束比我想象的要多。但是马克西米利安的羞怯达到了如此迷信的程度，以至于他在遗嘱中明确要求，一旦他死了，他们要立刻给他穿好衬裤；我想，他最好再加上一句：给他穿裤子的人也要蒙上眼睛。居鲁士曾嘱咐他的儿女们，在他的灵魂离开肉体后，他们或其他任何人都不能看见或触摸他的肉体，我把这归因于他的某种宗教迷信；因为无论是那个时代的历史学家还是他自己，在其伟大的品质中，都表现出毕生对宗教独特的尊重和崇敬。

有一个贵族讲给我听的故事，我听了一点都不高兴，这个故事是关于我的一位亲戚，他无论是在和平时期还是在战争时期都对自己评价颇高。他去世前已经一把年纪了，结石让他痛不欲生。在生命的最后几个小时里，他热切地安排着葬礼上的荣誉和仪式，敦请所有前来看望他的贵族务必为他送葬，诚挚地恳求那位在他弥留之际来探视的王子要携全家出席，并提出种种理由和例子，证明像他这样地位的人理应受到如此的尊重。当得到了这个承诺，并确定了葬礼的程序和规则后，他才像是心满意足地死去。我很少听说过如此顽固的虚荣心。

另一件事，尽管是与之相反的奇事（关于那种怪异，我也不想举家族里的例子），似乎也有相似之处，那就是一个人在生命的最后时刻绞尽脑汁，以一种特殊而不寻常的吝啬策划自己的葬礼，对于一个仆人、一盏灯笼都有限制。我看到有人赞美这种秉性，以及马尔库斯·埃米利乌斯·雷必达[1]的命令，他禁止继承者为他举行哪怕普通的葬礼。这种为了避免我们无法察觉的花销和享乐的做法，还是节俭与朴素吗？看吧，这真是一项简单而廉价的改革。如果在这种情况下有必要作出指示，那么我认为，就像生活中的其他事情一样，这种事也要根据各人的财力来定。哲学家吕孔明智地吩咐朋友，将他的遗体葬在他们认为最合适的地方，至于葬礼，既不要奢侈，也不要寒酸。就我而言，我会完全按照习俗来安排这种仪式，到时候，谁负责这项事务，就由谁来自行决定。"对于我们的葬身之地，我们自己要轻视，但我们的亲友则不可不重视。"（西塞罗）一位圣人说过一句箴言："殡葬仪式，墓地选择，祭拜

---

1 马尔库斯·埃米利乌斯·雷必达（约公元前89—公元前13/12年），罗马共和国末期罗马帝国初期的一位贵族政治家，也是公元前43年开始统治罗马的后三头同盟之一。

典礼，与其说是对死者的帮助，不如说是对生者的安慰。"（圣奥古斯丁）因此，在苏格拉底临终时，克里托问他要怎样安葬他，他回答："你想怎样就怎样。"在这件事情上，如果我要提前为自己做打算，那么对我诱惑最大的，让我最有满足感的，便是效仿那些在活着的时候就预先享受自己葬礼的仪式和尊贵，并乐于看到用大理石雕刻的自己死亡时的面孔的人。以麻木满足感官的人有福了！以死亡为生的人有福了！

每当想起雅典人非人道的不公正，我就会对一切民众专制产生无法释怀的仇恨，尽管我认为它是最自然、最合理的。他们英勇的将领在阿尔吉努萨伊群岛附近的海战中大败斯巴达人，这是希腊人在海上经历过的最血腥、最棘手的一场战役。可将领们刚刚全胜归来，雅典人便毫无赦免且不容他们辩解，将他们处以死刑，只因他们依照战斗规则乘胜追击，而没有停下来收拾和埋葬阵亡的人。狄奥麦敦的态度使这一处决显得更加可憎，他是被判刑的人之一，在政治上和军事上都德高望重，他听到判词后，没等允许观众发言，就走上前去说话。他没有为自己辩护，或是对如此残酷的判决表示不敬，只表达了对法官命运的关心，恳求诸神将这一判决化为他们的福祉，而且，由于他和他的同伴们无法履行在致谢如此辉煌的胜利时向诸神许下的誓言，他祈祷他们不会惹得诸神降怒。然后，他不再多说，勇敢赴死。

几年后，命运以同样的方式惩罚了他们。雅典的海军统帅卡布里亚斯在纳克索斯岛对斯巴达的海军上将波利斯作战时，已经占了上风，却完全丧失了对他们的事业非常重要的胜利果实，只因他为了避免重蹈覆辙，便不肯抛下漂在海里的几具朋友的尸体，让大批活生生的敌人有机会安全驶离，后来，这些敌人让他们为这不合时宜的迷信付出了沉重的代价：

你若问死后安置何处？
在那未生者所在之处。

——塞涅卡

这另一句则让没有灵魂的身体重获安息的感觉：

也不要给他一个可以接收他的坟墓，一个他身体的避风港，在那里，生命已经逝去，身体摆脱痛苦，得到安息。

——西塞罗

正如大自然向我们展示的那样，许多死去的东西仍然与生命保持着一种神秘的联系。酒窖里的葡萄酒会随着葡萄树的季节变化而改变其味道和色泽;据说,腌桶里的鹿肉也会根据同类活肉的规律改变其味道与状态。

若不满足,欲望更强

最聪明的哲学家[1]说过,任何道理都有与之相反的一面。此时我在思考一位古人[2]为表达对生命的蔑视而说过的一句名言:"没有什么好事能带来快乐,除非是我们事先准备好的损失。"

因失去某物而悲伤,与害怕失去它是一样的。

——塞涅卡

也就是说,如果我们害怕失去生命的果实,它就不可能真正让我们快乐。然而,也可以反过来说,我们越是对好事没有把握并害怕失去它,就越是怀着更大的热情,紧紧抓住不放。显然,就像火遇到寒冷会烧得更旺,我们的意志遇到阻挠会更加坚强:

---

[1] 这里"最聪明的哲学家"指的是信奉古希腊哲学家皮浪的"怀疑论"的哲学家。
[2] 这里指的是塞涅卡。

如果达那厄没被关在铜塔里，
朱庇特就不会让她成为母亲。

——奥维德

当然，没有什么比轻易获得的满足更违背我们的口味，也没有什么比稀有和难得更能激起我们的欲望：

所有事物都是受阻的风险越大，得到的乐趣越多。

——塞涅卡

加拉，拒绝我吧；爱情若没有烦恼，快乐就会过剩。

——马提亚尔

为了使爱情保持活力，利库尔戈斯颁布了一项法令，规定斯巴达的已婚夫妇只能偷偷摸摸地交欢；若被人发现同床共枕，则与通奸一样是奇耻大辱。幽会的困难，出其不意的危险，第二天的羞耻：

疲倦，沉默，叹息，从心底涌出。

——贺拉斯

这些就是调味汁的辣味所在。有多少放荡愉悦的嬉戏源自爱情作品中最朴素得体的论述？淫乐本身寻求以痛苦来激发，剧痛及其引发的颤抖会令它愈加甜美。妓女弗洛拉说，她与庞培上床，没有一次不在他身上留下牙印。

他们想要紧紧地拥抱直到疼痛；
牙齿咬进嘴唇，每一次接吻都压出痕迹；
由潜在刺激的驱使而留下伤口。

——卢克莱修

一切都是如此：困难赋予事物价值。安科纳省的人们更愿意去圣雅各许愿，而加利西亚的人们则更愿意去洛雷特圣母陵园许愿[1]；列日的人们称赞卢卡的浴场，而托斯卡纳的人们则称赞斯帕的浴场；在罗马的击剑学校里，很少见到罗马人，而全是法国人。那位伟大的加图也和我们一样，当妻子属于他时厌烦她，当她另有所属时又渴望她。

我把一匹老马赶进围场，它一闻到母马的气味就难以自抑。很快，它就因轻易满足而厌倦了自己的母马。可一旦有陌生的母马第一次经过牧场的栅栏，它就会发出令人讨厌的嘶

---

[1] 安科纳省是意大利中部的一座城市，圣雅各是西班牙北部的一座城市；加利西亚位于西班牙西北部，洛雷特圣母陵园位于法国北部。

鸣，并像从前那样发情。

我们的欲望蔑视和无视已经拥有的东西，而去追求没法得到的东西：

> 他蔑视触手可及的，却追逐离他而去的。
> ——贺拉斯

越是禁止做的事，越会激发我们的欲望：

> 如果你不管好你的情人，
> 她也会很快失去我的爱慕与尊重。
> ——奥维德

如果把它完全交给我们，就会招致我们的蔑视。匮乏和富足都会陷入同样的困境：

> 你的富裕困扰你，我的贫乏困扰我。
> ——泰伦提乌斯

所求和所得同样折磨着我们。追求情人的艰苦令人烦恼，但说实话，太容易到手只会令人更烦恼；因为不满和愤怒来自于我们对所渴望的东西的高评价，这激发了爱意，但满足会导致厌恶，变成了一种生硬、迟钝、愚蠢、疲倦和怠惰的情绪：

> 她只有虐待情人，才能长期控制情人。
>
> ——奥维德

> 轻视你的情人吧，
> 昨天她拒绝了你，
> 今天会送上门来。
>
> ——普罗佩提乌斯

为什么波比亚[1]想办法用面具来掩盖美貌，以便在爱人面前显得更美？为什么她们把每个女人都想展示、每个男人都想看到的美遮起来，甚至遮到了脚后跟？为什么她们一层又一层地遮盖住我们的欲望和她们自己的欲望主要呈现的部位？我们的女士们在腰间建起巨大的裙撑堡垒，除了诱惑我们的欲望，用拒人千里的方式吸引我们，还能有什么用呢？

> 她逃向柳树，并希望事先被看到踪迹。
>
> ——维吉尔

---

[1] 波比亚，罗马皇帝尼禄的第二任妻子，公元65年怀孕时被尼禄踢死。波比亚生前以美貌和放荡著称。

长袍不时阻挡了爱情。

——普罗佩提乌斯

这种贞洁的端庄，这种严肃的冷淡，这种苛刻的表情，这种对于她们比我们更懂的事情自称一无所知，还让我们传授给她们，这种种的伎俩除了促使我们去克服、限制、践踏一切妨碍享乐的仪式和障碍，还能有什么用呢？因为，征服温柔的甜美，败坏稚嫩的端庄，让冷酷和女性的严肃听任我们激情的摆布，这不仅是一种乐趣，而且是一种荣耀。他们说，战胜端庄、贞洁和节制，是一种荣耀；谁劝女士们放弃这些品质，谁就背叛了她们和自己。我们要相信，她们的心会因惊惶失措而颤抖，我们说话的声音会冒犯她们纯洁的耳朵，她们会因我们说这些话而憎恨我们，只是迫不得已地屈从于我们的强求。美，即使再有影响力，但如果没有这些小技巧的介入，也无法被人欣赏。看看意大利吧，那里有最多、最好的美物待售，但必须借助外在的手段和其他技巧才能吸引眼球。然而事实上，由于谁都能花钱买到，因此不管做什么，它仍然是无力的、萎靡不振的。即使就德行本身而言也是如此，对于两种效果相似的德行，我们会将最困难、最危险的那一种视为最美、最值得敬仰的。

这是上帝的旨意，要让神圣的教会像我们看到的那样风雨飘摇、多灾多难，以这样的对照来唤醒虔诚的灵魂，让他们摆脱因长久的平静而陷入的昏昏欲睡、无精打采。如果我们将这场斗争中有多少人误入歧途，与我们从中重获喘息、恢复热情和力量进行比较，从而权衡得失，我不知道是否利大于弊。

我们曾想过，要把婚姻的纽带系得更牢，剥夺一切解除婚姻关系的手段，可是约束的结越系越紧，意志和感情的结却随之变得越来越松。相反，在罗马使婚姻长期保持受尊重且不容破坏的，是每个人都有解除婚姻关系的自由；只要妻子愿意，就可以离开丈夫，这让丈夫对妻子倍加疼爱；虽说离婚完全自由，但五百多年过去了，也没有人利用过这种自由。

被允许的令人不快，被禁止的激起欲望。

——奥维德

在此，我们不妨引用一位古人的观点："死刑只会刺激恶行，而不会磨灭恶行；死刑并不能引起人们对行善的关注——这是理智和训导带来的结果——而只会让人们关注在行恶时不被逮住。"

切开毒疮后,感染扩散得更厉害。

——卢提利乌斯[1]

我不知道这是不是真的,但我从经验中得知,从来没有一个国家的治理是通过这种方式得到改进的;社会秩序和风气整顿取决于其他一些权宜之计。

希腊的史料中提到了与斯基泰人[2]相邻的阿尔吉佩人,他们的生活中没有用于惩罚的棍棒;在那里,不仅没有人试图攻击他们,而且凡是逃往那里的人都是安全的,因为他们品性正直、民风淳朴,没有人敢动手伤害他们;其他国家的人发生纠纷,也会请他们去进行裁决。

在某个国家,保护花园和田地的围墙只是用棉线制成,却比我们的篱笆和沟渠更加坚固、更加安全。

上了锁的东西引贼前来。入室行窃者不走进敞开的大门。

——塞涅卡

---

[1] 卢提利乌斯,古罗马作家,代表作为《归途》。
[2] 斯基泰人,公元前8世纪至公元前3世纪居住在中亚和南俄草原上的印欧语系东伊朗语族的一个游牧民族。

或许，自由出入能保护我的房屋免遭内战的暴力侵害。防御会招致进攻，反抗会激怒敌人。冒险和军功是军人发起进攻的惯用标榜和借口，我削弱了它们，让他们没有机会加以利用。在正义已死之时，但凡勇敢做出的事情，就都是光荣的事情。

我让占领我的房屋变成了懦弱而卑鄙的事情；它从不向任何敲门的人关上大门；看守房屋的只有一个门房，这是按照古老的习俗和礼仪安排的，与其说是为了守着大门，不如说是为了更加礼貌、更加优雅地打开大门。除了满天的星辰，我没有其他的守卫和哨兵。

一名贵族如果不能真正保护自己，那么装出有防御能力的样子就会显得很可笑。出现一个漏洞，就会到处都是漏洞。我们的祖先从未想过建造边防要塞。进攻的手段——我指的是不使用大炮或军队——以及出其不意地袭击我们房屋的手段与日俱增，且领先于防御手段。一般来说，人的智慧都是发挥在这方面。侵略关系到每一个人，但防御只关系到富人。我的房屋在建造的时候非常坚固，我在这方面并没有添置任何东西，担心它的力量反而会对我不利，况且考虑到和平时期还需要拆除防御设施。永远无法恢复它是危险的，依靠它又是很困难的。

因为在内战中,你的下人可能站在了你害怕的一方。当宗教信仰变成了借口,人们打着正义的旗号之时,即使是自己的至亲也会变得难以信赖。国库无力维持我们的家庭防御,否则就会被耗尽。我们自己修防御工事也必定会耗尽家财,或者造成更大麻烦、更多损害的是,会导致劳民伤财。我的损失情况不会更糟。至于其他人,你失去了一切,甚至你的朋友也不会同情你,而是指责你缺乏警惕、没有远见,对自己的事情一无所知、漠不关心。那么多设防的房屋都被摧毁了,而我的房屋却安然无恙,这让我更加相信,它们仅仅是因为设防才遭到了掠夺;因为这就如同向敌人发出邀请,给了他们掠夺的理由;任何防御都显得像是在迎战。只要上帝愿意,谁都可以到我这里来,但我不会邀请他们来。

这是我在战争中为自己挑选的避风港。我努力使这个角落远离社会的风暴,就像我的心灵中也有另一个角落。我们的战争会以任何可能的方式,迅速形成多种多样的新党派;至于我,则维持原状。据我所知,在法国,这么多设防的房屋中,与我地位相同的人中只有我完全相信上天的保护,从来没有转移过盘子、地契或帷幔。我既不会半怕不怕,也不会半逃不逃。如果完全的虔诚能换来神的恩宠，那我会虔诚到底；如果换不来，我也已经活了相当长的时间，这段时间足够引人注目，值得记录。有多久了呢？我已经这样活了三十年了。

论残忍

　　我认为，道德本身比善良更崇高，我们生活在这个世界上，就是我们对道德的一种倾向。性情好的人和对灵魂有追求的人，他们的确有相似之处，因为在他们的行为中皆流露出道德最真实的模样。但是，我觉得"道德"这一词本身有着一种难以描述却极其伟大和积极的意义，这不仅仅是让一个人以一种欣然的心情，使自己温和而平易地接近理性规则。一个天生温和敦厚又聪明伶俐的人，对受到的伤害会不以为然，无疑他的表现会颇有风度；若是因挑衅或激怒而受到冒犯，应该用理性的武器来增强自身的力量，以压制狂怒的报复之心，经过内心一番剧烈的斗争，最后能够掌控自己的情绪，也必然会做得比前者更好。第一种回应不算坏，但后者更合乎道德；可以称前者为善良，但后者则是道德。因为在我看来，道德这个词本身就含有矛盾和对立的意味，因对立而辩论。于是，我们总是说上帝是慈爱的、伟大的、宽容的、正义的；但几乎不会用道德一词去形容上帝，因为他的一切举止都是自然而无私的，从不装模作样。这也是许多哲学家的观点，不只斯多葛学派，还包括伊壁鸠鲁学派。

我在此借用一种粗俗且错误的观点,阿凯西劳斯[1]曾备受指责,因许多原本支持他的学者转向伊壁鸠鲁学派,并且从没有其他学者反过来投向他的学派。尽管阿凯西劳斯以诙谐又自负的言辞回应道:"我确实相信你所说的!公鸡可以变成阉公鸡,但阉公鸡绝对无法变回公鸡。" 实际上,从原则、观点的严谨性,以及准则的严苛性这些方面来说,伊壁鸠鲁学派并非全然不如斯多葛学派。一些好斗的争论者们,为了打倒伊壁鸠鲁学派,为了能使游戏的主权掌握在自己手中,他们便把一些言论强行加诸在对方身上,用错误的框架来扭曲他们的本意,恶意解读他们的言语;用严苛的语法规则来绑架他们的表达,编造那些在对方思想和举止上从未有过的想法。然而,斯多葛学派某一位学者则显得诚挚许多,他说他之所以放弃伊壁鸠鲁学派是因为考虑到该学派的道路太过崇高并且难以企及。

---

[1] 阿凯西劳斯(约公元前316/315—约公元前241/240年),出生于雅典城邦的第一位哲学家,他的哲学标志着自然哲学的终结。他是阿那克萨哥拉的学生和继承人,苏格拉底的老师;其代表作为《生理学》(已佚)。

这些被称之为贪图享乐的人，实则是为了荣誉和公正，他们遵守和践行一切的美德。

——西塞罗

这些哲学家们说，若仅仅是将灵魂安置在一个恰当的位置，再秉持良好的情操，与美德和谐相处，这仍是不够的；若光有面对命运的决心和想法也是不够的；再者，我们还要寻找时机来证明自己，需要通过战胜随之而来的痛苦、欲求以及耻辱，才能使灵魂真正得以安宁。

磨难使美德更为强大。

——塞涅卡

因此，当时处于第三派的伊巴密浓达[1]毫不犹豫地拒绝继承一大笔合法的财富，他自称这一生都要与贫穷斗争到底，他也的确贫穷了一辈子。相比之下，我觉得苏格拉底更像是将自己彻底置身于更加严苛的磨难之中，还包括面对他那位脾气古怪又凶悍的妻子，真是一场不折不扣的考验。

---

[1] 伊巴密浓达（公元前418—公元前362年），古希腊城邦底比斯的一位将军与政治家。

罗马的护民官萨图尼努斯想尽一切办法，或想要通过一项不公正的律法为下议院谋利；但是，唯有罗马参议员莫特路斯一人试图以美德的力量来对抗他的暴力之举，这样的做法触犯了萨图尼努斯定下的对付持异议者的条例，从而为莫特路斯招致杀身之祸。在生命的最后一刻，他仍对行刑的人说："做坏事太容易，也太卑鄙，做好事既普通又平庸，唯有做具有危险的好事，才是一个有德行的人真正该做的事。"莫特路斯的这番话清晰地表达了我想要说的一个观点：美德拒绝与轻而易举的事物并存，况且这种毫不费力又极其平坦的道路上也不会有真正的美德所在，因为它是供给那些天性温和又循规蹈矩的人来行走的。美德寻求的是一条不平坦的、充满暴风雨的道路；它要奋力对抗外来的重重困难，就像莫特路斯的遭遇一样，命运之神乐于在中途搞破坏；同时他也要克服内在的磨难，因为内心的斗争正是由于无节制的欲望和自身能力的不足造成的。

到目前为止，我的书写都很顺利。此刻在我的认知中，所能想到的最完美的灵魂便是苏格拉底的灵魂。但按照以上的原则来看，又觉得也没有什么可取之处；因为我无法想象在他身上会有丝毫邪恶的倾向。以他的德行来说，我甚至无法想象他所遭受的困难和束缚。我知道他的理智具有强大的自主性，绝不允许任何邪恶念头的生发。对于他这样具有高尚美德之人，我实在没有任何反驳的理由。我仿佛还看见他迈着胜利的步伐，昂首走来，那是一派壮阔的景象，一身正气，无可阻挡。如果说只有通过与对立的欲望进行斗争和对抗，美德的光芒才能得以绽放，那么，我们是否也可以说它的生存是倚赖于罪恶，以此来获得名声和荣耀？另外，伊壁鸠鲁学派提倡的快乐模式又将会变成什么样子？他们在怀抱中温柔地哺育美德，使它尽情地玩耍与嬉戏，同时拿羞耻、狂热、贫穷、死亡和苦难给它当玩具。大家又该如何评价此举？

假设，一种毫无瑕疵的美德的表现在能够勇敢地斗争，历经苦难，承受莫大的疼痛而不动摇；根据这一假设，我将困难和险境视为斗争的不二目标：不仅藐视痛苦，还能苦中作乐，甚至能将肠绞痛引发的阵阵剧痛当作挠痒痒。若把美德上升至这样的高度，它会呈现出什么样子呢？面对伊壁鸠鲁学派建立的这种制度，他们中的大多数人的确通过实际行动，向我们作出了证明，而对于这样的德行，我们又该怎样看待呢？还有许多其他的例子，但我发现这些情况已经超出了该学派的规训。我目睹了小加图的死，五脏六肺俱裂的场景。我无法就这么简单地相信他的灵魂会毫无畏惧，我也不认为他的镇定、节制、无情绪，是受斯多葛学派教条的约束。我反而觉得在他的美德里有着某种鲜活的力量，这股力量难以阻挡，不会就此停滞不前；我坚信在这高尚的行为里他会感到愉悦和享受，比起人生中的任何举动都要让他更加心满意足。

有了死的理由，他欣喜地放下了生命。

——西塞罗

我对此毫不怀疑，想必他也不会心甘情愿地让人夺走实践这英勇行为的机会。若不是善良使他将公众的利益摆在个人利益之前，我很容易会产生另一种看法：他感激命运使他的品德能受到如此勇敢的考验，亦感谢命运帮助这个盗贼去践踏其国家悠久而古老的自由制度；从他的行为中，还能感受到灵魂的愉悦，当他望向自己那慷慨且高尚的灵魂时，有着一种非凡且英勇的喜悦之情。

勇气源自于面对死亡的从容。

——贺拉斯

不同于一些人作出软弱又落俗的评论（如此来评价一颗慷

慨，高尚及果敢的心灵），他不受荣誉的诱惑，只是追求事物本真的美，他手握武器，比我们更能作出清楚的判断，从而做到尽善尽美。

我很感激哲学界能够作出如下判断：唯有小托卡能以如此勇敢而美好的方式来结束生命，而同样的行为绝不会发生在其他人身上。所以，他要求自己的儿子和陪同他的参议员们遇事一定要了解情况，根据具体的人和事来作判断。

加图天生具有极强的威严，他一直以坚定不移的意志来强化这一点，在原则性问题上，决不退让，宁愿去死，也不屈服于暴君的威胁。

——西塞罗

我们本身不会因为死亡而改变轨迹，生和死的存在对于我们来说都是一样的。我总是用活着的时候来解释死亡。如果有人告诉我，一个生命死的那一刻是壮烈的，但他活着时却极为怯懦，那么我会认为他的死和他的生一样不值一提。

于是，他死得从容，且经由灵魂的力量得到了平静面对死亡的能力，我们能因此说这会减弱美德的光辉吗？但凡头脑中真正有一点哲学思想的人，谁能够全然地想象到苏格拉底在身陷牢狱、枷锁和被判罪的过程中,所表现出的只不过是无畏惧和不愤怒?又有谁不知晓他身上的坚韧和刚强(这是他一直以来的作风),以及在生命的最后一刻,他的言语和举止中,还有一种难以言喻的满足与重获新生般的喜悦呢?刚除去脚镣时,在腿上挠痒给他带来了愉快的感受,从过去的苦难中脱离出来,紧跟着就是望向未来,在他的灵魂中不是也产生了同样的平和与喜悦吗?还请加图能够原谅我——他的死确实很惨烈,留下了永久的影响,但是苏格拉底的死,我不知道该怎么表达更为贴切,想来是更具气魄吧。

阿瑞斯提普斯[1]对哀悼者说:"愿诸神能让我像他那样死得有意义。" 人们从这两位伟大的人物和他们的模仿者(我十分怀疑是否有和他们一样的人)的灵魂中观察到,如此完整的美德,已成为他们人性中的一部分。

这不再是一种备受煎熬的美德,也不再是让灵魂备受理智管束的美德,这是灵魂的本质所在,是自然而然的行为。他

---

1 阿瑞斯提普斯(公元前435—公元前356年),古希腊哲学家,昔兰尼哲学院的创始人。他是苏格拉底的学生,享乐主义的支持者。

们长期受哲学的教导，再加上丰厚且美好的天性，两相结合就有了这样的结果。我们心中泛起的欲求，在他们那里毫无生机可言；他们的灵魂不止强大，还有着坚韧的力量，能及时将这些念头扼杀在摇篮里。

此时，再经由一颗崇高和神圣的决心，阻止诱惑的产生，使美德长出，把邪恶的种子彻底根除，比起极力地阻止罪恶的发展，包括在我们遭受突袭后，在惊愕中后知后觉地拿起武器同它们战斗，那么这显然是一种更好的办法；我想这第二种情形也好过他那天生的随和与友善，这种天性本就对放荡与恶习有所不满，这一点是毋庸置疑的。因为这第三种和最后一种秉性，似乎能使一个人远离罪恶，但也不具备德行；就像免于作恶，但也不一定会行善。此外，这一点非常近似于缺陷和懦弱的状态，至于如何将它们加以区分，我也不太清楚二者的边界所在；也是出于这个原因，善良和清白这两个词在某种程度上也是带有几分贬义的。但我很清楚自身能够有一些美德行为，例如节欲、保持清醒和自我克制等，是因为自身天赋不足而致。但处变不惊（如果必须这么说的话），蔑视死亡，忍受不幸等，这类德行的存在，可能常常是因为人们对不幸的事件缺乏正确的判断，没有了解到困难的本质而已。但"不明所以"与"愚昧",这二者有时会制造美德的假象,这在生活中很常见,使那些本应该受到责备的人反而得了称赞。

有一位意大利贵族,曾对我说过一些对他的祖国不太恭敬的评论,他说:"意大利人所具有的敏锐和活跃的思维非常了不起,这使他们能够及早地预见危险与麻烦,以防备遭难。要是在战争中,或是在危险爆发之际,你若看到他们提早为保住自身安全做了准备,无需感到惊讶。其实,法国人和西班牙人就没有这么聪明,他们只会一个劲地向前冲,等亲自看到和触摸到了危险,才会知道害怕,往往在这个时候他们已经束手无策了。还有德国人和瑞士人更加迟钝和无知,等到大难降临,他们才会恍然大悟。"或许他只是随口一说,但有一点可以肯定的是,在战争中,未经训练的士兵总会鲁莽地朝危险冲去,只有在挨过枪弹后他们才会懂得收敛。

士兵都知道首次的凯旋、新的荣耀、胜利的甜蜜具有多么大的诱惑力。

——维吉尔

正是因此,我们在评判某一个行为的时候,不仅要考虑事情发生的环境,也要多方面综合地看待当事人,然后再作判断。

拿我自己来说吧，有时候我听见朋友们将原本只是属于运气的事情称作是我的谨慎；将建立在判断和见解上的优点称作是我的勇敢和坚毅；他们还给我安上这样那样的头衔，有些于我有益，有些则不然。暂不论其他，就第一种情况而言，我离美德即习惯这一完美的境界还很远，甚至也没有达到第二种情形里的那些品质。我没有忙着去抑制这股强烈的欲望。我所具有的美德，只是其中的一种；再具体一点，这是一种不经意的天真。如果我生性稍有异常，恐怕我会过得十分可鄙。因为我尚不具备一颗坚定的心，哪怕能够抵抗稍显强烈的欲望。在我的内心深处没有激烈的自我斗争，所以我能够规避掉诸多恶习，也不觉得这是自身的功劳：

我的本性之中不乏一些缺点，但总体上是正直的，
这就好比一张美丽的脸上长了几颗痣。

——贺拉斯

所以这归功于运气而非我的智慧。命运让我出生在一个善良正直的家庭，并且拥有一位优秀的父亲。我不知道是自己遗传了他幽默的性格，还是自幼受家庭氛围的熏陶，抑或早年

接受的良好教育对我有着潜移默化的作用,再者,或许是我生来便如此,除此之外还有其他的原因:

或许是天秤座或天蝎座,在我出生时给予了眷顾,又或者是受到了掌管赫斯贝里海的摩羯座的关照。

——贺拉斯

事实上,我确实天生就厌恶大多数的恶习。有人问安提斯泰尼[1]:最好的学习应当如何?他说:"切莫从恶。"这与我的观点不谋而合。我说自己厌恶那些恶习,是在如实地表达个人的感受,毫无虚假之意,自我出生以来,所具有的天性和印记都被我保留了下来,并深深地刻在了我的骨子里,从未改变过;当然也包括我的说话方式。在某些事情上,我若稍有不慎,这样的性子就会使我走上邪路,做出自己所厌恶的那些事情来。现在我要说一件惊人的事:在许多方面,我的行为都比思想更加严谨,但思想上的堕落却远大于肉体上的沉溺。

---

1 安提斯泰尼(公元前445—公元前365年),古希腊哲学家,苏格拉底的弟子之一,古希腊"犬儒学派"的开山鼻祖;他认为美德是必须追求的唯一目标,只有经过肉体的刻苦磨炼才能得到;其代表作为《赫拉克里斯》《政治论》等。

阿瑞斯提普斯毫不掩饰地提倡享乐和追求财富,这在整个哲学界引起了巨大的争议。许多哲学家都站出来反对他的观点,但对他的举止,又存在另一种说法:暴君戴奥尼夏送给阿瑞斯提普斯三位美人,让他挑选,但他说了三个都要;他早就知道同样的事情,帕里斯因为选择了其中一个,便惹了一身的麻烦;更令人意外的是,他将三人带回家后,碰也没碰便将她们送走了。还有一次在行路中,看到他的仆人因背着大量的钱财而不堪重负,于是他命仆人扔掉些金钱,以减轻负担。

再论伊壁鸠鲁,他所主张的教义是反宗教的,并且是柔弱的。但在他的一生中他又表现得非常勤劳和虔诚。他在给朋友的信中写道,他每日靠面包和水度日,请求朋友能给他寄一点奶酪,以备不时之需。

若要成为人上人,我们就只用遵照一种神秘的、自然的和普遍的礼制,而不需要规则、理智和榜样,难道真的如此吗?

但是我要感谢上帝,我的放荡行为还不算是最恶劣的,因为我的判断力尚未受到这些影响,还能在内心作出反省,批判自己的恶劣行为。相比指责他人,我对自己的谴责更为严厉,我要说的事情到此为止。回到刚才的话题,大部分的坏毛病本身就错综复杂,稍不留意就会绞在一起。我除了梳理自身的坏习惯,防止同其他的恶习再混杂外,这微弱的抵御能力总会使自己滑向天平的另一端。我尽力将自身的毛病分离出来,尽可能地使它们简洁明了。

我不会放纵恶习。

——尤维纳利斯

至于斯多葛学派的观点,他们说智者的举止会伴随一切的美德,根据行为性质的不同,其中某一项美德会十分突显。这一点以身体情绪来举例,可能会更加清晰;例如愤怒,在其占主导位置的同时,一个人身上还需要有其他情绪的生发,才能产生真正的愤怒。如果因此就推出类似的结论——恶人作恶是因为他集万恶于一身——我不会认同这样的说法;或者说我对此推论无法完全理解,因为我发现有时候事实恰好会相反。这些尖锐又充满争议的问题并无实质性意义,但哲学界有时拿此类问题自娱。

我对一些坏习惯不加约束,但对有些毛病也会像圣人那样及时避开。亚里士多德学派也认为恶习之间存在着不可分割的联系;且亚里士多德本人也认为,一个谨慎且正直的人或许会在欲望方面存在诸多矛盾。苏格拉底也曾承认有人在他的面相中看出了一种对罪恶的倾向,那的确是他天生的倾向,但他已经通过自我的约束纠正了这一点。

熟悉哲学家斯提洛普的人说,他生来就迷恋美酒和女色,但他通过努力将这两者都戒掉了。

这在我身上刚好相反,我的这些优点是与生俱来的。既不是来自于法律或准则的约束,也不是来自于他人的训诫;我的清白只是清白,既缺乏活力,也没有艺术气息。在众多恶行中,我最憎恶的就是残忍,不管是先天的还是后天的,这就是恶行中的极致。不仅如此,骨子里的善良使我看不得一只鸡被宰杀,听不得兔子被猎狗撕咬所发出的惨叫声,尽管狩猎是一项充满刺激和乐趣的游戏。

凡是希望打败肉欲享受主义的人,都可以自由地利用这一论点,以证明肉欲完全是"罪恶的以及不合理的";当它达到极限时,就会控制我们,使我们无法用理智去思考,并只能从我们享受爱欲的经验中找出依据。

当肉体受到了愉悦，

维纳斯[1]也将为沃土播下种子。

——卢克莱修

　　他们认为来自肉欲的快感令人沉迷，使我们在这样的陶醉和狂喜中失去理智。我知道还有另一种可能，如果你愿意的话，即便是在这种时刻，你的内心也会产生一种截然不同的想法，足以震撼你的灵魂。但前提是，你必须集中精力坚定地朝那个方向而去。我知道有人能够抵抗住这份诱惑，我自己就亲身经历过；所以我并不觉得维纳斯是一个专横的女神，虽然许多比我高尚的人是这样认为的。一个男人和渴望已久的情妇尽情地共度良宵，但信守承诺，只许接吻和爱抚，我认为这就像纳瓦尔王后所著的《七日谈》中描写的那样：是一个奇迹或是一件十分困难的事。我继续以打猎的例子来打比方，或许更为贴切；这件事没有过多的快感，却充满无限的激情和意外的惊喜，而我们的理智在此时无暇顾及突发事件，也来不及作出反应；就像在经过一段时间的搜索后，猎物突然现身，并且是出

---

1 维纳斯，古罗马神话中美的女神，罗马十二主神之一，对应希腊神话中的阿佛洛狄忒，而小爱神丘比特是她的儿子。

现在令人最意想不到的地方。此时，猎人们的欢呼和当下热情的氛围十分震撼人心，对于像他们这样喜欢狩猎的人来说，在这样的时刻再去想其他的事情是非常困难的。于是，只有诗人会让黛安娜战胜丘比特的火把和弓箭：

身处其中，谁也无法忘却爱的痛苦和忧虑。

——贺拉斯

回到我自身来，我很容易同情他人的痛苦，不管何时何地，我总是会忍不住地跟着痛苦的人一起掉眼泪。能让我泪流不止的除了眼泪，别无其他；无论何种情况下的眼泪，真情的也好，伪装也罢，都会使我落泪。我不会为死人感到悲伤，甚至还有点羡慕他们；但我十分同情濒临死亡的人们。比起炙烤和吞食死者尸体的野蛮人，那些折磨和迫害鲜活生命的人更让我怒不可遏。不管是多么公平公正地处决和行刑，我都没有勇气去围观。有人为了证明尤利乌斯·凯撒的仁慈，说：凯撒的报复方式是温和的。他曾被海盗俘虏并交付赎金才得救。但后来他迫使这些海盗们投降，并宣布要以钉十字架的刑罚来报复他们，不过这会在他们被勒死以后执行。费洛蒙曾试图毒杀他，在失败后凯撒也只是对其判处普通的死刑。那位拉丁作家宣称凯撒只杀那些冒犯他的人，以此作为证明其仁慈的依据，暂且不论这位作家是谁；但我们很容易就能想到，罗马暴君们惯用的恐怖而残忍的手段让他极为震惊。

在我看来，即便是从正义的角度出发，一切超越自然死亡的行为，对我而言都是残忍的；尤其是在我们这儿，人们更是关心灵魂离开时的安宁与否；但是，饱受痛苦折磨而产生动摇的灵魂，是无法做到这一点的。

以前，有一名被俘虏的士兵，从关押他的塔楼里看见远处广场上的人们正在建造行刑台，木匠们忙着搭建绞刑架，他认为这一切是为自己而搭建的，于是他当即决定自杀；但是身边没有任何能够用来完成自杀的工具，除了找到的一枚生锈的螺丝钉，于是他先用这枚螺丝钉朝自己的喉咙捅了两下，不见有什么作用，于是他又用它朝着自己的腹部捅，螺丝钉的三分之一被戳了进去。这时候一个看守者进来查看，发现他已昏迷不醒，身上还有伤口。在醒来后的第一时间，他接到了对自己的判决。当他听到自己只是被判处斩首时，他就像拥有了全新的勇气，接受了之前拒喝的美酒，并感谢法官们的从轻发落，还说明了他的自杀行为是因为他看到了广场上的一幕，担心还有比这更可怕的刑罚在等着他。但判决的结果改变了他的看法，使他从对死亡的恐惧中解脱了出来。

我建议，这些残酷的例子与其用来恫吓人们安分守己，不如用在处理犯罪分子的尸体上：因为看到他们被剥夺墓穴，被汤镬，被分尸，在平民百姓看来，这样做跟使活人受罪没什么两样；虽然这算不上什么大事，甚至什么都不是，但就像上帝说的："在身体被杀害之后，便无能为力了。"（《路加福音》XII 4.）

唉！国王的遗体被烧了一半，他的骨头暴露在外，满身血污，在地上被无情地拖拽。

——西塞罗

有一天我在罗马的路上，碰巧遇到了要处决臭名昭著的盗窃犯卡特纳。他被绞死的时候，围观的群众一片寂静；但是，当他被刀剐尸身的时候，刽子手的每一下动作，都会引起人群中的哭泣和惊叹，仿佛每个人都在对这具可怜的尸体表达怜悯之情。

这些惨无人道的过分之举，应该被用来处理树皮，而非施加在活生生的肉体上。于是，波斯国王阿塔塞克西斯在处理类似案件时，对古代波斯国的法律加以修改，以减轻刑法的严酷性；贵族们犯了错，不用像过去那样被鞭打，而是命他们脱下衣服，让衣服代替肉身受罚；原先削发的髡刑，也以削冠代之。

我生活在这样的一个时代，内战持续爆发，令人难以置信的遭遇数不胜数，在历史的长河中，我没有见过比现在更为不堪的情形。但是，我也没有就此习以为常。如果不是亲眼所见，我实在难以相信人心竟能如此残忍，专以杀戮为乐，蓄意犯罪：砍断他人的四肢；费尽心思发明新的酷刑和新的杀人方式，没有仇恨，没有利益，更没有其他的目的，仅仅是为了享受杀虐时的刺激，观看人在痛苦中垂死挣扎，发出凄惨的喊叫和哭嚎声，他们视这些情景为富有乐趣的表演；因为，这是最为极端的残忍。

一个人杀害另一个人，既不是因为仇恨，
也不是出于恐惧，而仅仅是为了观看死亡。

——塞涅卡

就我自己而言，每次看到那些不会对我们构成任何威胁的小动物，被追捕和杀害时，我便感到十分的沉痛，它们既无辜又弱小；就像经常会看到这样的情形，一头受尽追捕而精疲力尽，无路可逃的雄鹿跪在地上，眼里流淌着泪水，向我们哀求。

> 它似乎是在用血泪哀求，
> 渴望得到一丝怜悯。
>
> ——维吉尔

在我看来，这是一个充满悲伤与不忍的画面。我从不抓捕鲜活的猎物，即便是抓住了也会立刻放掉。毕达哥拉斯会买下渔夫或捕鸟人的手中的小生命，并将它们放生。

> 我想这是第一次，刀剑上沾染了动物的鲜血。
>
> ——奥维德

人们如此残暴地对待动物，反映出了人类天生带有残忍的倾向。

在看完了罗马斗兽的场景后，继续来看看人和角斗士。我担心，上天本就赋予人类某种残忍的天性。没有人愿意多看一眼动物之间的嬉戏和抚爱，但是很乐意看到它们之间互相打斗和残杀。

希望大家不要嘲笑我对动物们的这份同情，因为神学也在教导我们要爱护动物；想到上天既然让动物和人类都生存在这个世上，你我皆是众生，那么遵从神明的指引，我们必须尊重和爱护它们。毕达哥拉斯借用埃及人的灵魂轮回说，随后这一学说被许多民族所接受，特别是我们德鲁伊教派：

> 灵魂是不死的，它离开原先的居所，
> 很快会在新的地方落脚。
>
> ——奥维德

在古代高卢人的宗教信仰里，灵魂是永生的，它会持续不断地移动，从这个人身上再换到那个人身上。他们的想法中还加入了神的意志，因为他们要根据灵魂的品行，赋予不同的意义；当一个灵魂还在亚历山大体内时，上帝已经为它指引了一个新去处，让它到一个适合它的地方去，过程中免不了要受些苦难：

> 他让灵魂进入野兽的体内，
> 熊的身上住着嗜血者的灵魂，
> 狼的身上有窃贼的灵魂，
> 狐狸的身上是谎言者的灵魂，
> 在历经数年与千万次的变化后，

再到遗忘之河里洗去尘污，
方可回到初始。

——克劳迪乌斯

如果灵魂的品质是英勇的，那就让它降临在狮子的身上；若是贪婪的，那就安排在猪身上；若是胆怯的，那么就适合在鹿或者兔子身上；若是奸诈的，就适合在狐狸身上；以此类推，直到历尽劫难后，才会被允许进入另一个人的身体里重获新生。

我本人还记得，在特洛伊战争时期，
我是潘德的儿子欧福尔玻斯。

——奥维德

对于人类和动物之间地位悬殊的亲密关系，我还不能完全地接受。但是许多民族，尤其是有着悠久历史和出身高贵的民族，他们不仅让动物融入他们的生活，相互陪伴，甚至还赋予动物们更高的地位，远胜于他们自己；有时视它们为上帝的宠儿，给予其至高无上的待遇；有时直接将它们奉为神明：

野蛮人将动物们神化，是因为能从它们身上获取好处。

——西塞罗

有的人崇拜鳄鱼，有的人看见鹮叼着蛇就害怕；

一边是闪耀着金光的神猴像，另一边人们在膜拜河里的鱼；

还有一整个镇的人崇拜一只狗。

——尤维纳利斯

普鲁塔克对这一谬误解释得非常周到，充满了智慧，也给予了他们足够的尊重。他以猫和牛为例，解释埃及人所崇拜的并非动物本身，而是它们被神化的象征，牛象征着忍耐和务实，猫代表了精力充沛；或者像邻国的勃艮第人[1]以及所有的德国人一样，不愿接受束缚，他们所热爱和追捧的神力代表着自由，这一点胜过其他任何的神圣象征；诸如此类的例子还有许多。但是，在这些温和的言论中，我听到一种争论，试图极力证明我们与动物之间具有密切的相似性，动物同样能够享有我们的特权，足以与人类相提并论。于是，我也否定了原先的许多推论，也心甘情愿地承认，人并非比其他生物高级。

即便这些推论都不成立，人们也必须有一颗敬畏之心，不仅要尊重有血有肉的动物，还要善待无言的花草树木，这是

---

[1] 勃艮第人，日耳曼民族的一个部落，从属于罗马帝国。

人类最基本的义务。我们既要平等待人，也要和蔼地善待其他生命；因为它们与我们之间存在着某种联系，并且互相承担着彼此的责任。我不羞于承认我自己天性温和如孩童，不管我的小狗何时来找我玩耍，我不会拒绝同它嬉戏。土耳其人会给流浪的动物喂食，还为动物设立了专门的医院。罗马人有专门饲养鹅的公共机构，受益于鹅的警觉性，才使卡皮托林山得以安全。雅典人颁布了一项法令，只要是参加过建设工作的骡子，均可获得自由，并可以自由地到处觅食。

阿根廷人都有厚葬动物的习惯，包括珍贵品种的马、狗和鸟，也包括孩子们的宠物。他们习惯在一切事物上注重仪式感，这从当地无数雄伟壮丽的纪念碑上可以看出，历经数年却华丽依旧。

埃及人在神圣的墓地埋葬狼、熊、鳄鱼、狗和猫，在尸体上抹上香料以防腐，并为它们进行哀悼。

西蒙曾三次在奥运会的赛马项目中胜出，后来他为这匹战功赫赫的马举行了隆重的葬礼。老科桑蒂普将他的狗葬在海边，埋葬处也因此而得名。欧鲁塔克说，他几经犹豫才将一头为他效力多年的牛以极低的价格卖给了屠户。

讨论哲学就是学习死亡

西塞罗说:"讨论哲学便是为死亡做准备。"这源于探究和沉思的行为在某种程度上使我们的灵魂脱离身体而独自行动,这好比一个学习期,我们从中不断地学习死亡;人类所有的智慧与逻辑推理归根到底是为了教会我们不畏惧死亡。

实际上,理智要么无所顾忌地嘲笑我们,要么把目标锁定在满足我们享乐的事情上。总而言之,理智所做的一切努力都是让我们更好地活着,就像《圣经》上说的那样,请自由自在地活着。世人皆是如此认为,快乐才是生活的源泉。为了快乐我们会想尽办法,而那些不愉快的事,也会在第一时间被我们驱逐。试想,若一番言辞的意图在于让人痛苦,会有谁愿意去听呢?对此,各哲学派系之间的分歧只不过是口头之争。

忽略那些微不足道的琐事吧。

——西塞罗

他们的反对和固执与如此神圣的学科有些不相称。但是,无论一个人扮演什么样的角色,他所演绎的都是他自己。

无论哲学家们怎么说，即便是在道德方面，我们最终的目标都指向快乐——这个令他们如此厌恶的字眼，却让我觉得颇为有趣。如果这预示着某种至高无上的快乐和巨大的满足，那一定是因为有了道德的帮助，除此之外别无其他。这种享受就算再快活、再强健，也只是更加纵情享乐而已。我们不如称其为快乐，这个称谓来得更美好、更温和、更自然，而不是我们以往所称呼的那样。还有另一种低劣的享乐，若能当得起这个美名的话，也应是出于竞争而非特权，它不像道德那样能够超脱一切。除了它那更为短暂、易逝和脆弱的感受外，还有它的小心翼翼、忍饥挨饿、劳累以及血汗；尤其是那些各式各样的困难与折磨，于是随之而来的便是乏味的餍足，如此这般便等同于受罪了。

假如我们把这些不快通通视为享乐的调味剂，如同自然界中万物相反相成的道理，我们就大错特错了；或者说，当我们看待道德时，觉得它也会被诸如此类的结果和困难所淹没，从而使其变得严峻而难以接近；孰不知相较于享乐而言，道德则更加高尚、敏锐，并且使我们获得更加美满而神圣的快乐。一个人若用成果来权衡道德的价值，这真是既不懂得它的美好，也不了解它的用途，实在不配认识这种快乐。人们向我们宣扬探索道德的路途充满着困难与艰辛，唯有享受结果才能令人愉快，他们的意图何在？倘若不是为了告诉我们这并非乐事，那么人们又能用哪些方法得到快乐呢？即便最贤能的人也只是以渴望和近似的方式得以自足，而从未占为己有。但是人们都错了，我们所提及的一切快乐，仅仅是这追求的过程已经足够叫人愉快了。行动饱含乐趣，其性质与结果相同。在道德中闪烁着光芒的福乐遍及所有的道路，从最初的入口直至最后的尽头。

眼下道德给予我们最大的益处就是蔑视死亡。这给我们的生命带来了柔和的清静，让我们品尝纯粹的愉快，若非如此，其他一切的快乐都将黯然失色。这就是为什么所有的规则都在这一点上聚焦并达成了一致。尽管这些规则一同教我们蔑视痛苦、贫穷以及人类生命中的种种遭遇，然而这不是出于感同身受，且这些遭遇也不是每一个生命都有必要去经历的，大部分人一生都没有尝过贫穷的滋味，甚至有的还不曾经受过痛苦与疾病；如音乐大师色诺菲吕斯，就健健康康地活了一百零六岁。不过，在万不得已时，死能使我们斩断一切烦恼，一了百了。至于死亡本身，则是不可避免的。

我们终要踏上一次航程，
迟早都会跳出命运之瓮，
所有人都要被永久放逐。

——贺拉斯

因此，如果我们害怕死亡，这便会是永久的痛苦，没有一丝安慰可言。死亡无处不在，这感觉就像我们进入一个可疑的地方，不断地东张西望，提高警惕，以防不测；

就像坦塔罗斯石，一直高悬在我们头上。

——西塞罗

我们的法庭通常把罪犯送到犯罪的地点进行处决，在押送途中，会带他们经过华丽的住宅，会为他们准备美味的佳肴。

西西里岛的珍馐，
对他们来说索然无味，
莺歌燕语和悦耳的琴声亦无法使他们酣睡。

——贺拉斯

你觉得他们还有心情享受吗？他们此行的终点就近在眼前，这一警示难道不会使这些美好都形同虚设吗？

他一边探寻道路，一边数着日子，
用前行的双脚丈量生命的长度，
想到未来的坎坷，他便痛苦不堪。

——克劳迪乌斯

死亡是我们最终的归宿，也是我们必须面对的结局；要是我们害怕它的话，怎么可能每朝前踏出一步都能若无其事呢？常人的做法便是不去想它，可究竟是怎样的野蛮行径才能够生出这样的无知？如此一来，真就是把马勒套在了驴尾巴上。

他在愚昧无知中转身往回走。

——卢克莱修

难怪他会经常跌入陷阱之中。一提到死亡，就跟见到恶魔似的，常人马上会大惊失色，立刻在胸前划十字以示祈祷。另外，由于遗嘱一事与死亡相关，在医生宣布最后的判决前，不要妄想他会着手立下遗嘱。至于到最后一刻，在痛苦和恐惧之中，他是如何保持清醒写下这份遗嘱的，恐怕只有上帝知道了。

由于"死"这个字眼听起来太过刺耳，又如此的不吉利，罗马人学会了用婉转甚至隐晦的表达来淡化它的沉重。他们不说"他死了"，而是用"他曾经活过"或者"他的生命停止了"来替代。只要用"活"字来表达，即便是已经逝去了的，人们也能够聊以自慰。比如，我们所说的"先人"，正是借鉴于此。

有俗话说"大限将至，时日值千金"。我生于1533年2月的最后一天，上午的十一点至十二点之间；这是按照我们现行的年历来算的，每年以一月为始。在十五天前我刚好度过了自己的三十九岁生日，那么我接下来至少还可以活这么久，要是也早早地考虑起那么遥远的事，真就是太愚蠢了。但是，那又怎样呢？不管是年轻人还是上了年纪的人，死亡时的情形都没有什么两样。人出生时和死亡时也没有什么不同。再年迈的人，只要听说过长寿者玛士撒拉[1]，都会相信自己还能再活上个二十年。瞧这可怜的傻瓜，谁给你的生命规定了期限？有可能你是从医生那儿听来的，不如来看事实和经验吧。根据事物发展的常理，你能活到现在已经是受到上天的厚爱了。你远远

---

[1] 玛士撒拉，《圣经》记载的人物，据说在世上活了969年，是最长寿的人，后来在西方成为长寿者的代名词。

超过了常人的寿命，如果不相信的话，数一数你认识的人，他们之中有多少尚未活到你这个年纪便去世了，再数一数已去世的人，他们活到比你这个岁数还多的人又有多少。还可以把那些活着时名声显赫的人，列出一张名单，也一并数一数，我敢打赌，不到三十五岁就去世的远多于活过这个年纪的。即使是在人间布施仁爱的耶稣基督，也是在三十三岁时辞世的。凡人中最伟大的英雄亚历山大，亦是在同样的年纪去世的。

死亡又会以多少种方式骤然降临在我们身边呢？

这种时刻会降临的危险，
人们是防不胜防的。

——贺拉斯

暂且不论高烧和胸膜炎这类疾病导致的死亡，有谁会想到布列塔尼[1]的公爵会死于踩踏事件？我的邻居克莱芒教皇在进入里昂时也同样是被人群挤死的。你可知，我们的一位国王在游戏中被误伤而亡故，还有他的一位祖先是被猪给拱死的。

---

1 布列塔尼，法国的一个大区，位于法国西北部的布列塔尼半岛、英吉利海峡和比斯开湾之间，首府为雷恩。

埃斯库罗斯[1]，一心怕被摇摇欲坠的房屋压死，于是逃到了空地上来躲避危险，结果空中飞过一只鹰，从它的爪间落下一只乌龟，眼看着他被砸死。还有人被葡萄籽给噎死；甚至有一位皇帝在梳头时被梳子刮伤而死。埃米利乌斯·雷必达被自己家的门槛绊倒而死，奥菲迪乌斯进入议院时因撞到了门而死。论丧命于女人双腿之间的有民政官内利乌斯·加吕，有罗马巡逻队队长蒂日利努斯，还有曼图亚侯爵吉·德·贡扎加的儿子吕多维可，最不堪的例子要数柏拉图学派的学者斯珀西普斯和我们的一位教皇了。另有可怜的伯比乌斯法官刚给一场官司判处了八天的延期，转眼间自己就接到了死神的判决书，没能活到那个时候。一位名叫凯乌斯·朱利乌斯的医生，正当他给病人的眼睛涂油膏时，死神悄然而至，反而先捂上了他的双眼。再以我的亲兄弟圣马丁上校为例，这位二十三岁的年轻人英勇无比。但在一次网球比赛中，他右耳上方的位置不慎被网球击

---

[1] 埃斯库罗斯（公元前525—公元前456年），古希腊悲剧诗人，与索福克勒斯和欧里庇得斯一起被称为古希腊最伟大的悲剧作家，有"悲剧之父"之美誉，著有《被缚的普罗米修斯》《阿伽门农》《复仇女神》等图书。传说他是被一只从天空上掉下来的乌龟砸死的。

中，当下表面上未见丝毫的损伤，他自己也没在意，更没有坐下休息。可就在五六个小时之后，他就因这一击打而猝死。

这些司空见惯的事情频频出现在我们身边，怎么可能叫我们不去想死亡这件事？它正时时刻刻掐着我们的脖子，又怎能叫人不去在意这种感受？或许你会说，没关系，该发生的总会发生，何必如此忐忑不安？我同意这个观点，如果有什么方法能够躲避死亡的侵袭，即便是躲在牛皮之下，我也不会拒绝一试，但求能安然度过这一生。我只选取对自己最有利的游戏方式，哪怕这在你看来既不光彩也不值得效仿。

我宁可被视作痴傻之人，
毫无能耐，图个自在快乐，
也不愿做智者，为忧患所劳累。

——贺拉斯

不过，若想就此达到躲避死亡的目的实属荒唐。人们迎来送往，骑马奔驰，轻歌曼舞，对死亡只字不提，一切是那么的美好。然而，死亡总是在不经意间出现，趁其不备，无可防范，不是降临在人们自己身上，就是降临在他们的妻儿、亲友身上，这时人们是何等的痛不欲生，绝望至极！你何时见过他

如果死亡是一个能够被躲过的敌人，那么我会建议人们拿起懦弱这个武器；但它显然不是，因为无论你是懦夫还是勇士，都逃不出它的掌心。

们如此萎靡不振、失魂落魄、狼狈不堪？对于这样的事，我们应当及早做准备，而不是让这动物般的无知存在于我们的意识里，我原本以为这样的认知是绝无可能存在的，因为那会让我们付出巨大的代价。

如果死亡是一个能够被躲过的敌人，那么我会建议人们拿起懦弱这个武器；但它显然不是，因为无论你是懦夫还是勇士，都逃不出它的掌心。

死神会对逃跑的懦夫穷追不舍，
也不会轻易放过怯场的勇士。

——贺拉斯

没有任何武器能保护得了我们。

无论身披何等铠甲都无济于事，
死神照样能出手将其头颅提了去。

——普罗佩提乌斯

让我们勇敢而坚定地去迎接它，跟它斗争吧。为了防止它一开始就占上风，我们应当采取和常人不一样的方式。让我们扯下它神秘的面纱，正视它，习惯它，让死亡成为我们脑海中一个再寻常不过的想法。让我们随时随地想象关于它的各种情形：从马上坠落而亡，被掉落的瓦片砸死，甚至因一根刺而毙命。现在让我们来思考一下这个问题："如果说这便是死亡呢？"所以，让我们坚强起来，鼓励自己去面对它。此外，无论是欢庆还是盛宴，我们始终都要提醒自己，不要在享乐中忘乎所以，一切事物过犹不及；我们需得时时反思，别忘了那一桩桩乐极生悲的事件，死亡的威胁一直萦绕在我们身边，它随时会对我们进行抓捕。这一点埃及人就做到了，他们在设宴时，不忘在席间抬出一具骷髅，以此来警醒在座的宾客。

把每一天且当作是最后一天去生活，
未知的明天才会显得愈加珍贵。

——贺拉斯

既然无从知晓死亡会出现在何处，那就让我们随时恭候它。提前思考死亡就是对自由的提前预见。谁要是懂得坦然面对死亡，也就获得了自由。一旦有人能彻底领悟死亡，这并非坏事，对他而言，生命中也就没有什么坏事了，认知死亡能使我们超脱一切的束缚。可怜的马其顿国王成了波勒斯·伊米厄斯的俘虏，于是遣人去哀求不要把他带往庆功大典。伊米厄斯说:"让他去求他自己吧。"

实际上,无论什么事情,若缺少了上天的一臂之力,仅凭努力与勤奋是难以达成的。我生性并不忧郁,只是爱多想。没有什么比思考死亡更能使我愉悦的了,即便在最荒诞不经的年纪,我也没有停止对此的思考。

正值青春年华,尽享人间欢愉。

——卡图卢斯

享有美人做伴、嬉戏作乐的时候,许多人以为处在一旁的我要么就是嫉妒而着了魔,要么就是在为一些不确定的事而发呆,实际上我正在思索另一件事,前几天一个人因突发高烧而亡;当他从类似的聚会中离开后,脑袋里充满了幻想、爱情和欢乐,就像当时的我一样,而我不知道,同样的命运也在等待着我。

时间不断流逝,光阴之箭一去不返。

——卢克莱修

除了对死亡的思考,其他任何想法都不至于让我愁眉不展。一开始,这样的思考一定会刺痛我们的神经;但是,只要在头脑里反复地想它，待时间久了也就习惯了，否则，我将终日处于惶恐不安之中。因为从没有人会这样淡然地看待生命，也不会有人如此不在意寿命的长短。迄今为止，我一直身强体壮，鲜有不适，健康亦不代表我能长命百岁，疾病也不会磨灭我的希望。我觉得自己随时会死亡，明天会发生的事，也可能在今天降临。老实说，意外和危险确实不会立刻就让我们靠近死亡，但请细想，即使撇开这些不说，也还有数不清的灾祸在等着我们，大家会发现，无论是健康还是疾病，无论是身处海洋还是火山，战争或是和平，死亡距离我们都一样近。

没有永远脆弱的人，也没有对未来最笃定的人。

——塞涅卡

在我死前，若还有未完成的事，就算给我多么悠长的时间我仍觉得不够，哪怕是一件用一小时就能完成的事。

一天，一位朋友在翻阅我的记事本时，发现了里面的一张便笺，上面写着我死后要做的几件事。于是我把事情的经过同他道来，当时我在距离自己家约一英里路的地方，身心愉悦，意识清晰，忽然间这念头就在我脑中闪现，我急急忙忙地把它写了下来，因为不确定自己能否安然到家。我一直在自己的思绪里游走，随时随地的思考也成了我最重要的事情，我做好了充分的准备，一旦死亡来临，便欣然接受。

我们应该随时穿好鞋，准备上路；同时要记住极为重要的一点，这是我们自己的事，无关他人。

这短短的一生，何必充满各种欲望，何必如此的贪婪？
——贺拉斯

即便没有额外的附加事务，我们也已经够忙了。有人抱怨死亡，不是抱怨这件事本身，而是死亡没能让他实现打一场胜战的愿望；还有人哀叹自己没能看到女儿出嫁、孩子们长大成才就离开了；有的叹息自己无法陪伴妻子终老；还有的舍不得离开儿子，人们就是这样把这些视作人生的一大慰藉和忧虑。

就我而言，如今能持有这样的人生态度，我万分感谢上帝；一旦得到召唤，我随时都能离去，对一切事物皆无留恋。我在彻底地从一切世俗关系中脱离，正同一切告别，除了我自己。没有人能够如此毅然决然地做好准备，同这个世界好好道别，了却一切牵挂，哪怕像我做的那样。悄无声息地死去，便是最好的死亡。

"可怜至极啊，"他们说，"仅用一天的时间，就夺走了我毕生的快乐。"

——卢克莱修

建筑师说：

工程尚未完成，尖塔的断壁也无人问津。

——奥维德

一个人不必将计划制订得过于长远，或者做事不要急于求成，我们生来是要干活的，

愿我在工作中迎接死亡的到来。

——奥维德

我愿人人都辛勤劳作，让生命的价值永远地发光发热，一如死神来临时我仍在菜园里劳作，此时无需在意死亡，更不必在乎园子里的活能否干完。我见过一个将死之人，埋怨宿命无法让他完成历史编写的工作，他刚写到我们的第十五位或第十六位国王，便断气了。

谁也无法说，人在死后便对一切失去了占有欲。

——卢克莱修

我们要抛开这种平庸无益的心理。因此，人们把墓地选在教堂附近，以及城中最繁华的地方；据利库尔戈斯说，这是为了使男女老少不再害怕面对人的去世，频频见到的遗体、坟墓和丧礼也在时刻警醒着我们生死无常：

在古代习惯用杀戮给酒宴助兴，
宴饮的欢乐与悲壮的景象相互交融；
武士们互相厮杀，兵刃相见，
无数个被杀者倒在酒席上，鲜血洒满杯盘。

——西利乌斯·伊塔利库斯[1]

埃及人在盛宴过后，会向在座的宾客呈上一幅巨大的死神画像，拿画像的人会对他们大喊："尽情地吃喝玩乐吧，你死后便是这个模样。"于是我也养成了习惯，不仅让死亡存在于脑海之中，也时常把它挂在嘴边。我最感兴趣的事是去了解人死时的情形，想知道他们说的遗言，想目睹他们最后的神

---

[1] 西利乌斯·伊塔利库斯（28—103年），罗马帝国时期的政治家、演说家、诗人，曾担任执政官，其作品现仅存残篇。

情,以及临终时的举止。同样,在读史书时,我也最关注此类内容。举出这诸多的例子,只是为了证明我对这类题材有着独特的嗜好。如果我是这些书的作者,我会把死亡的各种情形汇编成册,并附上我的评论,教会人面对死亡的同时也教会人如何活着。狄凯阿科斯[1]有一部作品,书名与此类似,但内容不同,也就不大适用了。

或许有人会说,事实远不止想象的那么简单,当那一刻到来时,就算再精湛的剑术也会失利。让他们说去吧,能未雨绸缪总归是有百利而无一害的。再说了,镇定自若地走向死亡,难道不是件好事吗?值得一提的是,命运会施以援手,给予我们勇气。如果死亡来得突然而猛烈,我们根本就没有时间去害怕。如果情况与此相反,我发现,一旦饱受疾病的折磨,自然就会对生命产生厌恶与不屑。我知道,在身患疾病时更容易接受死亡。然而我并不眷恋生命,因为种种享乐已使我兴致索然,对死亡则是无惧无畏。这也使我充满渴望,生命离得愈远,死亡便更靠近,越容易做到生与死的交替。

---

[1] 狄凯阿科斯,古希腊哲学家,据说是亚里士多德的学生,其代表作为《希腊的生活》。

我曾多次验证过凯撒的说法，事物远看时总是比近看时更大；我发现，当身体健康时，我对死亡的恐惧比生病时更加强烈。我常在身体无虞、精力充沛的状态下，去想象与这完全相反的事情，经由想象把这些痛苦夸大，等它真正落在我身上时，我便不会觉得有多难受，希望死亡到来时我也能如此。

从我们身体的日益变化和衰退中可以发现，命运是如何让我们在不知不觉中老去。一个老人身上还留有多少往昔的风采？

唉，年老之人时日无多。

——马克西米努斯[1]

一名风烛残年的卫兵朝凯撒走来，请求他准许自己去死。凯撒看着他枯槁的模样，风趣地答道："你竟以为自己还活着。"要是我们骤然落入这样的境地，我想谁都难以承受这场变故。但是，命运会牵起我们的手，一步一步、缓慢地把我们引向深渊，并使我们逐渐适应它。于是，当韶华从我们身上逝去，我们也就不会有所察觉。青春的消逝也是一种死亡，比

---

1 马克西米努斯（173—238年），罗马帝国的一位皇帝，也是第一位出身于蛮族的罗马皇帝。

郁郁而终或寿终正寝的死亡更为不易；就像由多姿多彩的生活掉入痛苦不堪的日子，这样的变故比从苟延残喘地活着转向死亡而更加艰难。

佝偻的身躯难以承受生活的重担，灵魂亦是如此。我们必须让它坚定地站直来对抗敌人的压迫。因为只要灵魂受到威胁，便无安宁之日。一旦灵魂得以安定，它就可以自豪地说，无论什么烦恼、忧愁、恐惧，以及其他任何障碍，都无法侵扰它。这几乎超越了我们的现状。

无论是暴君的怒视，
海神的风暴，
还是雷神的巨掌，
都动摇不了那个坚定的灵魂。

——贺拉斯

它势必会成为一切欲望与热忱的主人，主宰匮乏、羞耻、贫穷以及命运中的一切灾难。因此，让我们尽各自的所能去获取这一好处，这是人间至高无上的自由，能给予我们勇气去反抗暴力与不公，藐视监狱与铁锁。

我会给你戴上镣铐，再交由粗暴的狱卒看管。
我向一位神明祈求，求他放我自由。
这位神明便是死神，死亡是一切的归宿。

——贺拉斯

在我们的宗教中，人类最可靠的基石就是蔑视生命。不仅是因为我们可以通过理智来推出这一结论：我们不会为失去一样东西而感到惋惜，那么又何必害怕失去呢？而且，因为我们遭受到死亡的各种威胁，比起忍受其中的任何一项，对它的恐惧不是更为煎熬吗？

死亡既然无可避免，至于它何时到来也就不必在乎了吧？一个人前来告诉苏格拉底："三十位僭主已经给你判了死刑。"他回答道："命运也会轮至他们头上。"

有人竟然会为摆脱苦难这一举措而烦恼，真是件荒谬的事。一切事物随我们的诞生而生，同样会随我们的死亡而去。所以，为一百年后我们将不复存在而感到悲伤，就跟叹息一百年前我们尚未存在一样愚蠢。死是另一种生的开始，正如我们哭着来到这个世界，历尽艰辛走过生命，以全新的样子进入新的旅程。

凡事只有一次，也就无所谓痛苦。为了瞬间之事而陷入长期的忧思恐惧之中,难道是理所应当的吗?生命的长短取决于死亡,对于那些不存在的事,没有长短可言。亚里士多德说,希帕尼斯河畔有一些小生物,它们的生命只有一日,上午八点从青春进入暮年,下午五点生命完结。在这样短暂的时间里去谈论福祸,谁不会觉得可笑呢?若把我们生命的长短与永恒,与山川、河流、星辰、树木,甚至与一些动物相比,也同样滑稽可笑。

但是命运会迫使我们去这样做。它说:"离开这个世界吧,就像你来时那样——从死到生,一路从容不迫。那么也以同样的方式由生入死,再走回去吧。你的死亡是宇宙秩序中的一部分,也是世界生命中的一部分。

人类一代一代地将生命延续,
就像赛跑者传递火炬一般。

——卢克莱修

"我怎能为了你去改变事物原本的美好?这是生而为人的你必须面对的,死亡是你的人生中必不可少的一部分,逃避死亡就是在逃避你自己。从生命初始,你所享有的人生,生与死各占一半。你出生的那一刻,既是迎接生命的第一天,也是迈向死亡的第一步。

生之初,即是死之始。

——塞涅卡

生即是死,终源于始。

——马尼利乌斯[1]

"你度过的每一天都是从生命中窃取来的,你以消耗生命本身为代价。你一生持续不断地工作就是为了走向死亡。你活在生命里,也是置身于死亡之中,死后便不再活着;要是你更愿意如此,大可于活过之后再死,不过你活着的同时就是在死去;相较于死去的人而言,死亡对临终者的冲击更强烈、更显著,也更深入。如果你已经充分地享受了此生,也收获颇丰,那就心满意足地离去吧。

何不像餍足的宾客那般,欣然离席?

——卢克莱修

---

[1] 马尔库斯·马尼利乌斯(生卒年不详),罗马诗人,著有《天文学》等图书。

"如果你还不知道怎样更好地度过一生，或者生命对你而言毫无意义，那么失去它又何妨？还要留着它作什么呢？

何必为了又一次的虚掷光阴，
和再度的自讨苦吃，
而想方设法地延长生命？

——卢克莱修

"生命本身亦无好坏，善恶原本是你种下的因果。你若活了一天，也就看尽了这一生，这一日的光景等同于往后的每一天。再无其他的白天和黑夜，如今的太阳、月亮、星辰，以及万物的更迭，自你的远祖那时起，所能享有的便是如此，并将延续至你的子孙后代。

你的祖先们看见的是这样，
你的后代所见亦无不同。

——马尼利乌斯

"哪怕在最糟糕的情况下，我所有的喜剧表演和演员的轮换也都能在一年内完成。如果你观察过我一生所经历的四个阶段——童年、青年、壮年以及老年，就知晓日子不过如此，没有别的花样，只是年复一年地循环往复。

我们一直在原地打转。

——卢克莱修

时间一直绕着自己的足迹转圈。

——维吉尔

我没准备为你创造新的消遣。

我已拿不出任何的新鲜来取悦你，
一切都只不过是在重复。

——卢克莱修

"把位置腾出来给别人吧，正如曾经别人让位给你一样。平等是公正的核心。被卷入了相同的命运谁能抱怨得了，何况人人都身陷其中？而且，就算你尽可能地活得更长，也不能对你的死亡时点作分毫改变。一切挣扎都是徒劳，无论你在恐惧中待多久，都跟你在襁褓中夭折没什么两样。

无论你活得了多少个世纪，
死亡的存在是亘古不变的。

——卢克莱修

我会妥善地安置你，不会让你有丝毫的不快。

你不知道，一旦死去，
将不会再有另一个你
站在坟墓前为你哭泣。

——卢克莱修

也不会让你对那难以舍弃的生命执着不休，

没有人会想起自己的生命，
我们也毫无这样的欲望。

——卢克莱修

"如果还有什么比一无所有更可怕的话，那死亡便是最不值得害怕的一件事。

死亡对我们来说意味着失去，
但已一无所有，还有什么可失去的呢？

——卢克莱修

"无论你是生还是死，这都与你无关。生，是因为你还存在；死，是因为你已全然不在。

"时辰未到，没有人会先一步离去，你死后的时间，同你出生前的时间一样皆不属于你，且与你毫不相干。

那些遥远的过往，
与我们没有任何关系。

——卢克莱修

"你生命的终点在哪里，它便在哪里。生命的价值不在于时间的长短，而在其过程。有的人活了很久，但不一定活得精彩。请珍惜当下吧，能否充实地度过一生，将取决于你的作为，而不是年龄。试想你一直朝着目标奔去，怎么可能会到不了？况且，每一条路都有尽头。如果有人做伴能够给你带来欢乐和安慰，那世界不是正与你同行吗？

一旦你的生命离去，万物皆随你而去。

——卢克莱修

"世界不也正跟你踏着同样的步伐前进吗？一切事物不也正随着你一起变老吗？无数的人、动物以及生灵都与你在同一刻离去。

呜咽和悲伤的哭泣不分昼夜，
哀嚎一直伴着死亡和葬礼。

——卢克莱修

"既然身后无路可退，逃避又有何用？你见过不少人欣然地死去，就此脱离苦海，难道你见过有人不乐意死去吗？谴责一件自己未亲身经历，也没有在他人身上验证过的事，岂非愚蠢至极？为什么你要抱怨我和命运呢？我们做错了什么？是你掌管我们，还是我们掌管你？虽然你的年纪未到，但是你的气数已尽。一个身材矮小者同大高个儿一样，皆是完整的人。人和生命是无法用尺子来衡量的。

　　"喀戎[1]在听完时间之神，即其父亲萨图尔努斯[2]所说的长生不死的条件之后，便拒绝了永生。请细想，比起我所给予的有限人生，永生永世不死对人们来说会是多么的痛苦与不堪忍受。如果你没能死去，你将会无休止地咒骂我剥夺了你死亡的权利。我有意在死亡中掺入一剂苦味，以免你见死亡来得太过便利，就迫不及待地要去拥抱它。为了让你活得更加明白，既不对活着感到厌恶，也不对死亡生出畏怯——这也是我对你提出的要求——于是我将这二者调和在甜与苦之间。

> **1** 喀戎，又译凯隆，是克洛诺斯在把妻子菲吕拉变成母马后与其交合所生的儿子，故喀戎的形象是半人马。
> **2** 萨图尔努斯，又称萨图恩，罗马最古老的神祇之一，原初之大地丰饶神，司掌全督、幻术、天界。

"我曾教导你们中的第一位贤哲泰勒斯,无论是生还是死都不要紧。于是有人问他为何还没死,他便非常聪明地回答道:'因为这不要紧。'

"地,水,火,风,以及其他我所创造的事物,这一切构建了你的生命,也构建了你的死亡。何必害怕自己的末日?它跟寻常的日子没有区别。疲惫并不是最后一步引发的,只是在最后一步体现出来。每天都在朝死亡前进,总有一天会抵达。"

这是大自然母亲给予我们的忠告。

我时常想,在战争时期,无论是自己亲历还是目睹他人的死亡,都不及发生在我们自己家中的可怕,否则,那就会变成一群医生和哭啼的伤员。同样是面对死亡,农民们和地位卑贱的人就比其他阶层的人要坦然得多。我相信是由于我们悲戚的表情和沉重的丧葬仪式带来了可怖氛围,这比死亡本身更吓人。生活也就此发生了翻天覆地的变化,母亲、妻儿哭天喊地,前来祭奠的亲朋好友一副惊愕茫然的模样,还有随处可见脸色惨淡且号哭不止的佣人们;一个昏暗的房间里,细长的蜡烛在徐徐地燃烧着,我们的床头围着医生和牧师;总之,我们被恐怖的气息紧紧包围着;这时,在场的人似乎也都早已死亡并被埋葬。孩子们看到自己的玩伴戴着面具会感到害怕，我们也是如此。我们要把人脸上的面具和事物表面的伪装都摘去。一旦面具被卸下，我们就能看到死亡的原貌，跟前不久刚去世的一名仆人或者婢女一样，脸上没有丝毫的畏惧。

除却一切仪式的束缚，死亡便是幸福的。

幸福与否,死后方能定论

> 待到生命结束,
> 直至他被安葬,
> 否则,谁敢声称幸福。
>
> ——奥维德

孩子们都知道克洛伊索斯[1]国王的故事:他被居鲁士俘虏并判处死刑。在临刑前,他大声呼喊:"啊,梭伦,梭伦!"居鲁士听闻后,立刻遣人去问个究竟。克洛伊索斯解释道,自己所经历的不幸证实了梭伦早前对他的警告,那便是,无论命运女神对你如何青睐,人决不能轻易地声称幸福,只有到了生命的最后才能作出定论。因为世事无常,那些看似微不足道的瞬间,都会使事情演变成另一番景象。有人说波斯国王是幸福的,因为他年纪轻轻便大权在握,斯巴达国王阿格西劳斯[2]对

---

[1] 克洛伊索斯,古希腊时期吕底亚的一位国王。
[2] 阿格西劳斯(公元前444—公元前360年),斯巴达历史上的一位传奇国王(公元前399—公元前360年在位)。在斯巴达君临整个希腊的时期(公元前404—公元前371年),他几乎一直统率着军队,为人精于谋略。

此回应道:"不错,但是,普里阿摩斯[1]在他这个年纪也无不幸福啊。"马其顿的诸位国王,伟大的亚历山大的继任者,他们有的在罗马当木匠和代笔人;西西里的暴君,在科林斯当了教书匠;庞培,一位半个世界的征服者,统率数万大军的霸主,却在埃及国王的无赖的军官面前,成了可悲的哀求者;为了能苟延五六个月的时间,这位伟大的庞培是何等的苦苦哀求;在我们祖辈的年代,有位吕多维可·斯福扎,米兰的第十任公爵,统治整个意大利多时,后来沦为了阶下囚,在法国洛什度过了最悲惨的十年(这期间他被路易十一世囚禁在一个铁笼子里),那也是他一生中最灰暗的时期,最后死于狱中。最美丽的王后(苏格兰的玛丽女王),基督教国家最伟大的国王的遗孀,前不久不也是刚死于刽子手的刀下吗?[2]这样的例子成千上万。因为,正如暴风雨会怒袭我们那高高耸立、傲视苍天

---

[1] 普里阿摩斯,特洛伊战争时期的特洛伊国王,帕里斯之父。
[2] 这里的苏格兰玛丽女王指的是苏格兰女王玛丽·斯图亚特(1542—1587年)。她在1558年与法国王子结婚,王子继位后不久就去世了,1561年返苏格兰亲政,1567年被罢黜,最后以企图谋杀伊丽莎白一世的罪名被处死。

的建筑物一样，天上也有神灵会嫉妒人间的繁盛。

> 那冥冥中的力量仇视人间的强大，
> 把赫赫的束棒和凶暴的斧头踩在脚下，
> 当作可笑的玩具肆意戏弄。
>
> ——卢克莱修

似乎命运在有意地窥伺我们，于生命的最后一刻便伺机而动，把她经年累月造就的一切顷刻间推翻，以显示她的权威，使我们同拉布里乌斯一起叫喊："这显然，是我又多活了一日。"

因而梭伦的这句警告需得被理性地看待；不要忘了他是一位哲学家，命运的宠辱于他而言无所谓幸福与否，荣耀与权力也被视之淡漠。我猜，他目光所及更远，意指我们人生的幸福取决于一颗善良的心灵的宁静与知足，和一个秩序井然的灵魂的坚决与自信。但凡一个人尚未演完人生中的最后一幕（无疑也是最难的一幕），就不应当简单地说他幸福或不幸福。此外，其余皆有掩饰的可能：或许哲学中的漂亮言辞也只是一副面具，或许那些意外也并没有触及我们的要害，从而使我们得以面不改色；但是在这最后一幕，面对死亡的戏码，便再也无从掩饰，我们必须实话实说，把内心的一切如实道出。

直至此刻，真话从心底里迸出，
面具卸下，所见实相。

——卢克莱修

所以人生中的其他行为都应受这最后一刻的检验，这是关键的一日，是对以往的审判日；如一位古人所说，这是对我过往的人生作出判决的一天。我让死神来检验我一生的研究成果，那时才会清楚我的话是出自嘴巴，还是发自内心。

我看到许多人是经由最后的死来决定此生的荣辱。庞培的岳父西庇阿[1]生前声名狼藉，但他死得其所，将其恶名全部洗刷。伊巴密浓达被人问及，卡布里亚斯、伊菲克拉特与他自己，三人中他最敬重谁。他答道："那必须等我们死后才能知晓。"确实，我们评价一个人时，倘若忽略了他死时的荣耀与伟大，那么他的名声势必会暗淡不少。

---

1 西庇阿，这里指小西庇阿，原名普布利乌斯·科尔内利乌斯·西庇阿·埃米利安努斯（公元前185—公元前129年），罗马共和国时期的一位将领，两次出任执政官一职。他率军攻陷迦太基城，结束了罗马与迦太基的百年争斗。

上帝成全了他的心愿。而我所处的这个时代，我一生中所认识的三个最可恨的人，过着各种恶劣的生活，且臭名昭著；但他们最后都得到了善终，事事妥当，无可挑剔。

有的人死得勇敢且极其偶然。我曾见过一个人正值青春年华，事业却发展到最鼎盛的时期，死亡却不期而至。在我看来，这戛然而止的雄心和谋略，却因此而显得更加高尚与伟大。他未像常人一样走完一生的路程，便已到达了自己的终点，比他所向往、所渴望的更加显赫。他的早殒使其预先取得了威信和声誉。

在评价别人的一生时，我总是要看看他的结局如何；至于我对自己这一生的主要关注在于我希望自己能够得以善终，即耐心而安详地死去。

论儿童教育
——致戴安娜·德·富瓦，居松伯爵夫人

我从未见过这样的父亲：当儿子太过娇弱或存在畸形时，不想认其为子。这并非因为他糊涂不堪，被父爱蒙蔽了双眼，以致无法发现儿子的缺陷，而是因为这是他的骨肉。我比任何人都清楚，我在这里所写的，只是对儿时了解的一些皮毛知识的闲思畅想，只保留了一个笼统而模糊不清的形象，见识浅薄又一知半解，十足的"法国式"。

就我所知，总的来说，我了解医学、法理学、数学的四个部分，以及这些学科大致的含义和目的。或许我能再深入了解一些，明白科学通常是为生活服务的。但是我从未试图走得更远，挖空脑子去研究"科学之父"亚里士多德，或者沉迷于任何一门学科。我在艺术方面也毫无建树，无法画出线条和色块。哪怕是学校里最低年级的学生，都比我聪明。我甚至无法考查他们在第一堂课上所学到的知识。如果我被迫给他们上课，为了避免自己蒙羞，就要不合时宜地提出一些独特的价值观念上的问题，以此考查他们天生的理解能力。这堂课对他们来说是如此陌生，正如他们的课程给我的感觉一样。

除了普鲁塔克和塞涅卡的作品之外，我没有全情投入地研读过任何一本书。有些作品，例如达那伊得斯的文章，我不断用它们填满头脑，但它们转瞬就溜走了。我时常在纸上记录，但是几乎什么都没有记住。我热衷于历史还有诗歌，我对它们报以最大的热情和尊重。因为正如克莱安西斯所说的那样，声音被迫从喇叭的狭窄通道中挤压而出，会变得既强烈又尖锐。因此我认为，诗句在受到韵律的限制之后，迸发出非比寻常的力量，令我耳目一新，精神为之一振。至于我的天赋，对于这部著作来说，我感到它们因为压迫而屈服。我在黑暗中的想象和作出的判断，使我在前行时犹豫不定，踟蹰不前。当我竭尽所能时，总是感到无法满意。我发现在我面前仍有一片新的、更大的未知之地，被云雾遮蔽，以致视线无法穿透。

我想要使用自己的语言和方式，如实地表达出头脑中自然发生的想法。可我却总是遇到一些优秀的作家碰巧写出了相同的看法和观点，与我不谋而合，正如我刚刚读到的普鲁塔克关于想象力的论述。这令我意识到，与他们相比自己是多么软弱和孤独，多么乏味和无聊，从而怜悯且鄙视自己。但同样令我欣喜的是，我的观点常常有幸与他们一致，我们走在同一条道路上，尽管我被远远抛在后面。我可以说："啊，就是这样！"我更加得益于自身拥有——并非每个人都有——的一种品质，即虽然能够发现他们与我之间存在的巨大差异，仍要发表自己低微浅薄的见解，而不修补或粉饰在比较中暴露出的缺点。坦白说，要想跟上这些人的步伐，需要挺直脊梁。我们这个时代常有轻薄的写作者，在他们不值一读的蹩脚文章中整段地抄袭前人的作品，以此来炫耀自己，只能收到完全相反的效果。因为那些用以矫饰的段落与他们本人的文采有天壤之别，更显示出他们的苍白和丑陋，因此得不偿失。

哲学家克里西波斯[1]和伊壁鸠鲁所采取的，是两种截然不同的做法。克里西波斯不但在书中引用其他作家的文章和语录，甚至整篇抄袭，在他的一本书里，包含了整本欧里庇得斯[2]的《美狄亚》。阿波罗多罗斯[3]也说，如果把他的书中非他所

---

[1] 克里西波斯（公元前280—公元前207年），斯多葛学派的哲学家，是斯多葛系统哲学的创立者。
[2] 欧里庇得斯（公元前480—公元前406年），与埃斯库罗斯和索福克勒斯并称为"希腊三大悲剧大师"，著有《独目巨人》《阿尔克提斯》等图书。
[3] 阿波罗多罗斯，公元前5世纪的希腊画家，是最早一批使用透视和色彩层次增强人物厚度感的画家之一。

写的段落全部删掉，那么将只剩下白纸。而伊壁鸠鲁恰恰相反，在他身后留下的三百卷书中，没有哪怕一处引用。

有一天，我偶然收获了这样一种体验。我当时正在读一本法语书，在相当长时间里如同梦游般地读到了许多乏味又平淡，毫无智慧和常识可言的法国式废话。经过一段长久而沉闷的阅读之后，我终于读到了一段水平高超又思想丰富的、妙不可言的文章。如果两者之间的转换平稳，高度上升缓慢，那么尚可理解。但这一段文字是如此的巧妙绝伦，与其他的段落毫无相同之处，以至于只读了六个单词，我就进入了另一个世界。我发现起初的索然无味，让我再也不愿回味那文字与那种经历。

如果我在自己的某篇作品中塞入这样一段美妙的文字，无疑将凸显出我的写作水平之不堪。在我看来，批评他人身上的且我也具有的缺点，与批评自己身上的且他人也具有的缺点同样合理，我经常这样做。缺点都应当被揭露，令其无地自容。

我非常清楚自己是多么大胆，每次都想尝试着与被我抄袭的作者并驾齐驱，令我的风格足以与之平起平坐，并且强烈地希望瞒住我的读者，使他们无法发现其中的差异。我希望能够得益于这种应用，通过自己的创造和表达获得新的力量。

除此之外，我不会与这些优秀的人发生全面冲突，也不会与之肉搏。我与他们的接触都是蜻蜓点水式的。我不会与他们发生争执，只是试探他们的力量。我也绝不会勉强这样做。如果我把他们拖入战局，就说明了我的勇气，因为我并未言过其实，而是戳到了他们的痛处。

他们用别人的盔甲遮挡住自己（我曾见过有人这样做），将指甲都包裹在内，如此这般地在旧发现上修修补补，随后发表自己的论述（对于一个有文化的人来说，做这种人云亦云的课题并非难事），努力隐藏抄袭的痕迹，将旧发现据为己有。这首先是不公正和卑鄙的，这样做的人无法依靠自身能力赢得荣誉，千方百计地想要为他们并无所有权的事物打上自己的烙印。尤其愚蠢的是，他们想要通过这样的剽窃获得无知之人的赞许，并以此为荣，但在有识之士面前他们又颇为自惭，其实后者的赞扬才有价值，而后者无一不对抄袭嗤之以鼻。

对于我来说，我决计不会做这样的事。我也无意在他人面前多说，只是借此方式更好地表达自我。我所指的并非那些集句的作者，他们宣称集句只是为了汇编。除了古人之外，我还知道当今时代的很多作家做过类似的工作，尤其是一个名为卡庇鲁普斯的作家。他们是真正的机智之人，无论采用何种写作方式都是如此，正如利普修斯在他的巨著《政治》中所做的那样。

但是无论如何，也不管这样愚蠢的行为多么微不足道，我从未试图遮掩。好比呈现在人面前的，是画家笔下我那秃顶且苍白的肖像，且并不完美，但那是真实的我。因为这是我自己的独特观点和看法，所以我仅将其作为自己的信念，而不要求他人相信。我写这篇文章没有其他目的，只是为了发现自己。如果我有机会遇到任何能够使我改变的新东西，我将成为新的自己。我并无令人迷信的权威，也从未这样想过。我了解自己学识浅薄，无法教导他人。

有一天，有人看到了上一篇文章，前来对我说，我应当更深入地谈一谈儿童教育方面的话题。现在，夫人，如果我在这方面还有任何能力，那么没有什么比将它献给您即将出世的小男子汉更令我愉快的了（您是如此慷慨，头一胎必定是男孩）！我曾为您的婚姻大事尽心竭力，自然也会乐见您家族的繁荣和昌盛。此外，我多年来一直忠心为您服务，因此盼望与您有关的一切都得到荣耀和善果。

但是事实上，我唯一了解的是，人类科学中最大和最重要的难点就在于儿童的教育。就像在农业中，播种之前的准备工作和播种这一行为本身的操作方法是确定的,并且简单而众所周知。但是播种之后若要作物茁壮生长,还有很多事情要做,也需要应用更多艺术,提供更多照顾,解决更多困难,从而培养和完善它。人的成长也是如此。生育孩子并无困难,但是孩子一旦降生,烦恼随之而来。需要充满善意地训练、关怀和养育,照顾他们长大。

孩子在幼年时,表现出的性格倾向模糊不清,发展前景也毫不确定,很难对他们作出任何可靠的判断。以西蒙、特米斯托克利[1]和其他成百上千的人为例,他们极大地偏离了人们的期望。小熊和小狗的天性容易自然显露,但是人在成长途中,会养成特定的习惯,形成特定的观点,遵从特定的法律和习俗,因此容易改变或者掩饰本真的性情。强迫人保持天性,是非常困难的。

一旦最初没有选择正确的道路,我们常常煞费苦心,花费很多时间来训练孩子做到那些完全不符合天性的事。基于这

---

[1] 特米斯托克利(公元前524—公元前460年),古希腊杰出的政治家、军事家。他于公元前493—公元前492年任雅典执政官,是民主派的主要代表人物。

种困难，我强烈地认为孩子应当进行最好和最有效的学习，而非过于执着地在他们的少年时代就对未来加以预测。即使是柏拉图，我亦认为他在《理想国》中表达了应给予儿童更多权利的想法。

夫人，科学既是伟大的装饰，也是神奇之物，尤其对于像您这般出身高贵的人来说。事实上，对于卑微贫贱的人来说，它无法起到真正的作用。科学更适合用于辅助战争，治理人民，与君主和异邦进行谈判和结盟。这远比用逻辑来辩论，用法律来辩护，或者用医学开处方更加重要。

因此，夫人，我相信您在教育孩子时一定不会忽略这一点。您已经得益于此，您本人儿时就已学识渊博（因为我们仍拥有古老的弗瓦伯爵的手稿，您的丈夫伯爵阁下和您都是家族的后裔，您的叔叔康达勒先生每天与他人共同施恩于世界，将使您的家族的学问和福泽绵延不尽）。有鉴于此，我想要向您提出我的一些特别的想法，与世俗的方法有所区别，这权当我在这件事上对您所做的贡献。

您为您的儿子选择的导师，将完全决定对他的教育的成败。这一选择还涉及其他重要的职责，这种信任非常重要。除此之外我将不再展开论述，也不会在其他内容上添加自己的意见。我会提出自己的意见，如果导师认为可行，不妨采纳。

对一名贵族子弟来说，学习并非为了获利（因为这样庸俗的目的无法获得缪斯女神的恩宠和眷顾。除此之外，获利这一目的还涉及并取决于他人），也不是为了与外界沟通，更不是出于自己的特别用意，而是为了充实自我，净化内心，成为一个精干的人，而不只是单纯的博学。出于这样的目的，我想说的是，您需要为他精心选择一名导师。这位导师应当神清目明，而不只是头脑充实。如果二者兼而有之，那么自然最好，但是与学识相比，举止和判断能力更加重要。这位导师还应当采用新的方法来工作。

很多教师的习惯是对学生喋喋不休，好像是在向漏斗中倒水，告诉学生只需死记硬背。现在我想要导师改正这样的错误。在最初的阶段，他应当根据学生的能力引导和测试，让学生自行体悟，进行选择和辨别。有时要为学生打开一扇门，有时则要学生自行开启。我不想要导师自说自话，而是需要他也倾听学生的想法。苏格拉底和他之后的阿凯西劳斯，都是先让学生发言，然后再对学生说话。

教书的人拥有权威，阻碍渴望学习之人。

——西塞罗

让学生在前面小跑，如同前方有一匹马驹一样，令他能够判断自己的速度，以及应当如何调整速度以适应他人，这是好的做法。如果缺少恰当的配合，就会破坏一切；我还知道，最难的在于了解如何调整，并保持在合理的范围内。一名品性高尚、有良好修养的教师，懂得怎样迁就学生，并且指导他们。我上山时的脚步比下山时更坚定，行走也更稳健。

按照我们通常的教学方式，在同一堂课上，使用相同的方法来教导不同能力和表现的学生，这是极其错误的。在众多学生中，只有两三个能够在稳定的时间里掌握相应的知识，这就不足为奇了。

教师不仅要检查学生是否掌握单词的语法知识，还要检查他们对含意的理解。让学生评估自己的学习收获，并非通过记忆，而是通过生活中的应用。让他把学到的东西分成一百种不同的形式，使之适用于不同的科目，看他是否正确地理解了它们，把它变成了自己的东西，就像柏拉图教导的那样。如果吃进去的东西和吐出来的一样，就说明这是生吞活剥，消化不良。除非改变烹煮食物的方式和条件，否则胃就无法发挥作用。

当我们的思想被束缚，被迫遵循他人的看法，为他人的指令所奴役和迷惑时，心灵便只依靠信仰工作。我们备受践踏，无法走出自然、轻快的步伐，那么我们的活力和自由便荡然无存。

他们永远处于被监护中。

——塞涅卡

我在比萨时，私下拜访了一位诚实的人，但他是一个极端的亚里士多德主义者，他笃定的判定标准便是："所有想象和真理的试金石，就是看是否完全契合亚里士多德的学说；除此之外，全部都是荒谬和幻想；因为他看到了一切，说明了一切。"这种观点被解释得太过宽泛和有害，因此经常给他带来困扰，使他长期处于罗马宗教裁判所的制裁中。

要让学生检查和筛选所有他阅读的内容，不要使他的看法寄托于任何简单的权威和信任之上。亚里士多德的原则对他而言并非原则，伊壁鸠鲁和斯多葛派教徒的原则也是如此。向学生提出多种多样的观点，并摆在他的面前；假如他有能力，就自行选择；如果没有，他就继续存疑。

只有疯子才会不假思索地赞同。

我喜欢了解,同样喜欢怀疑。

——但丁[1]

因为,如果他凭借自己的理由接受色诺芬[2]和柏拉图的观点,那些学识将不再属于作者,而将成为他自己的。跟随他人之人,跟随的空无一物,得到的也是虚无,对任何事都不好奇。

我们之上没有君主,各人当为自己辩护。

——塞涅卡

至少要让他知道,他所知的是什么。他有必要吸收贤者的知识,但是不应止步于他们的具体言辞。即便他不记得是从哪里学到的知识也无关紧要,他只需能够使知识为其所用。

---

[1] 但丁(1265—1321年),意大利中世纪诗人,现代意大利语的奠基人,欧洲文艺复兴时代的开拓者,与彼特拉克、薄伽丘合称为"文艺复兴三巨头",著有《神曲》《新生》《论俗语》等图书。

[2] 色诺芬(约公元前440—公元前355年),雅典人,历史学家,苏格拉底的弟子,以记录当时的希腊历史、苏格拉底语录而著称,著有《长征记》《希腊史》及《回忆苏格拉底》等图书。

对每个人来说，真理和理智都是一样的。哪个人先说话，哪个人后开口都不重要。无论是根据柏拉图说的话还是根据我说的话提出的观点，我都平等地看待并理解它们。蜜蜂在花丛中飞来飞去，采集花粉，然后酿造蜂蜜，这纯粹是属于它们的蜂蜜，其中不再有百里香和墨角兰。从他人那里得到知识，进行融合和转换，形成一部绝对属于自己的作品。可以说，是他的判断力、所受的教育、付出的劳动和学习过程促成了这一作品的诞生。

他不必探究是怎样获得了有帮助的素材，只需展示他自己所做的创新工作。以剽窃为生的人，炫耀他们购买的物品和豪宅，却从不敢对人说起钱财从何处来。我们看不到律师们获得的酬劳和额外收入，但是可以看到他为自己和家人赚取头衔与荣誉以巩固他们的地位。没有人会泄漏他的收入，但是每个人都无法隐瞒自己所得到的。我们通过学习得到的好处，使自己更加完善，更加聪明。

埃庇卡摩斯[1]说，理解力使人看到和听到，理解力能改善

---

[1] 埃庇卡摩斯（公元前540—公元前450年），古希腊喜剧剧作家、哲学家，对西西里、多里安的戏剧影响甚大，其代表作为《苏达辞书》。

一切、命令一切和支配一切。其他所有能力都是瞎的、聋的、没有灵魂的。当然，如果我们不赋予理解力以自由和特权，它就会变得卑微和胆怯。谁问过他的学生，对西塞罗的某句话的语法和修辞学的看法？我们的老师只是将他们所知的，全盘灌入我们的大脑中——这些字母和音节仿佛神谕。其实，死记硬背所得到的并不是知识，只是留存下的记忆。一个人真正了解的东西，能够完全自由地处置，不必考虑原著的作者，也不用盯着书本。单纯的书本式学习是贫乏和微不足道的。柏拉图认为，持久、信念和真诚是真正的哲学，而其他科学或可作为装饰，但无法作为基础；因为其他科学另有目标，皆为点缀。

我真希望帕瓦里或庞贝，这两位当代著名舞蹈家，能教会我们如何跳舞。只需看他们如何做，而无需我们挪动位置，就好像那些人假装向我们传达了知识，却从未使其得到应用。或者告诉我们可以学会骑马、掷标枪、弹琴或唱歌，但是不用练习。想要我们明辨是非并且能说会道，却不训练我们判断和说话的能力。在学习的过程中，我们面前的任何素材都是学习的对象。侍从的调皮捣蛋、仆人的低级错误、餐桌上的笑话，都是新的话题。

因此，与人交谈非常有用，到国外旅行也很有用。不要像我们大多数年轻的先生那样，只记住了圣洛东达（阿格里帕的万神殿）有多少级台阶，利维娅的小姐穿着华丽的衬裙；或者像另一些人一样，议论在古老的废墟里出土的尼禄雕像的脸，比某一枚奖章上的脸长多少或宽多少。他应当能够简要叙述他所到过的那些国家的风俗、习惯和法律，这样我们就可以通过彼此的思想碰撞来增进自己的智慧。

我希望一个孩子在很小的时候就去往国外，这样做一举两得。首先要到那些与我们的语言迥异的邻国去。如果不及早锻炼语言，舌头就会变得不够灵活。

人们普遍认为，孩子不应该在母亲膝头长大。母亲们过于温柔，她们天生的母性往往会使最明事理的母亲溺爱孩子，以至于她们既放纵孩子可能犯下错误而不加纠正，也不会让孩子经历苦难和面对危险，而这本应是她们该做的。她们不忍看到孩子在训练结束回家时，满身灰尘和汗水，不忍看到他们在感到热的时候痛饮冷水，不忍看到他们骑上烈马，也不愿他们拿着一把花剑去对付粗鲁的击剑手，不愿他们使用长枪。然而，如果想要养育好一个男孩，使他长大成人后有成就，那么在他年少时绝不能过度溺爱，哪怕要经常违反医学的规律，也毫无其他办法。

让他于旷野中生存，时刻为生活而奔波。

——贺拉斯

只让他的灵魂坚强是不够的，还要使他的筋骨强壮。因为灵魂如果没有筋骨的支撑，就会面临压力，难以单独承担两者被赋予的使命。我很清楚，我在重压之下承受了怎样的痛苦，都因为身体是如此柔弱多病。我经常读到，前辈大师们在著作中树立了胸襟坦荡和意志刚毅的典范，同时拥有坚韧的皮肤和强壮的骨骼。我曾见过一些男人、女人和孩子，生来四肢发达而头脑简单。受到棍棒毒打时，发出的呻吟声比我被手指戳还要小。他们不会哭喊，也不会退缩。当摔跤手假扮哲学家而忍耐时，肉体的坚强多于内心的坚强。习惯于劳动，就是习惯于忍受痛苦：

劳动使人在痛苦中坚强。

——西塞罗

一个男孩要接受艰苦的训练，经受脱臼、胆碱症和灼伤，甚至被监禁和用刑。他可能因为不幸而蒙受最坏的遭遇，而这种不幸会同时加诸好人和坏人身上，如同世界运行的规律一样。有例为证，在当前的内战中，手持利剑挑战法律的人，也会用鞭子和绳索威胁最诚实的人。

此外，由于住在家里，教师本应拥有支配孩子的权威，却常常因为父母在场而受到制约和阻碍。需要强调的是，全家人都对主人的儿子毕恭毕敬，而他了解自己将要继承的财产和权力。因此在我看来，这在他年幼的岁月里是一个不小的成长负担。

我在与人交往时发现了一种恶习，即我们不在乎别人的意见，而是全力表现自己；我们更在意展示自己的能力，而不愿吸收新的知识提升自我。因此，沉默和谦虚在交谈中是非常有益的品质。当孩子掌握知识之后，我们应该把他培养成一个谦逊的人。有人在他面前说出空洞或荒谬的话时，不要提出异议或责备。因为对不合自己心意的事吹毛求疵，是极不体面的粗鲁行为。要让他乐于改正自己，不要把自己不愿做的一切都归咎于他人，不要与大众的习惯相违背。

让我们智慧而不炫耀，也不嫉妒。

——塞涅卡

要使他避免具有虚荣而不文明的权贵形象，还要避免孩子气的野心，想要装作比实际上更聪明和有教养。他还可能指责和抱怨他人，从而获取更大的名声。只有伟大的诗人才能创造独特的诗歌，只有伟大而显赫的人才能藐视习俗的权威。

如果苏格拉底和亚里斯提卜违反礼仪和习俗，并不代表别人也可以这样做。他们具有巨大而神圣的权威，因此才获得这一特权。

——西塞罗

让他明白，除非遇到势均力敌的勇士时，才可和他交谈或争论。即使到那时，也不要使用所有可能的方法，而应当使用对自己最有利的方法。应当教导他善于表达自己的理由，摒弃无礼的举止，做到言简意赅。最重要的是，让他在真理面前接受并服从，无论是他的对手说出的，还是自己认真思考得到的。他不应当上了讲台就说些简单的三段论，除非自己赞成不要与人争论。在可以用钱换取认错和获得更好想法的自由的地方，不要参与任何交易。

他不必为那些强加于他的观点辩护。

——西塞罗

如果他的导师按照我的设想行事，他就会形成自己的意志，成为善良和忠诚的人，对君主非常忠诚，在纷争中表现出坚强的品质。但与此同时他会在其他方面保持冷静，不希望与公职有任何关联。这种私交与正直的人应有的自由相矛盾，因此带来不便。一个人一旦被贿赂与收买，他的判断将变得盲目，无法自如地行使他的职能，并因不义和轻率而受到损害。作为一个纯粹的臣子，被君主从千万人中挑选出来培养，这使他没有权利和愿望说任何令人不悦的话，只会讨好和称赞。这种恩惠和由此带来的好处，使他丧失自由，并且陷入迷惑的境地。我们经常看到这些人，他们说的话与其他国人不同，不太值得相信。

让他的良心和美德体现在言谈中，以理智作为他们唯一的指引。让他明白，他应当承认他在辩论中犯下的错误，即便只有自己发现了。这是具有判断力和真诚的表现，是应追求的主要事情。固执和争论是常见的素质，最常见于心胸狭隘的人。在争论最激烈时能修正自己的错误，放弃不公的争论，是罕见的、伟大的、富有哲学性的品质。

让他知道，与人相处时，应当留意每个细节；因为我发现，最显赫的位置，通常由最平庸的人占据，而最富有的人通常没有与之匹配的能力。

我曾经看到,坐在上座的人只顾评论挂毯的美丽或美酒的味道,仍然受到追捧,而坐在另一端的人说出美妙的言语,却被冷落一旁。

要让他考查每个人的才能:农民、瓦匠、旅人;在每个人身上都能学到一些东西,从他们的谈话中吸取经验;甚至他人的愚蠢和无礼,也会给他带来帮助。通过观察这些人的风度和举止,他会形成对善的模仿,对坏的蔑视。

要让他具备好奇心,对任何事都充满好奇;无论他的附近有什么稀奇古怪的东西,都让他去看一看;一座漂亮的房子,一处高贵的喷泉,一位显赫的人物,一个曾爆发战争的地方,凯撒大帝和查理曼大帝走过的道路:

> 哪个国家被冰霜冻结,
> 哪片土地因酷暑开裂,
> 哪种风最适合意大利。
>
> ——普罗佩提乌斯

要让他探究君主的风度、财力和盟友,这些东西既十分有趣,又非常有用。在与人交流时,我还要了解那些处于历史中的人物。通过阅读，他可以与那些最伟大的、英勇的灵魂对话。对那些漫不经心的人来说，这是一种徒劳无益的研究；对那些仔细观察的人而言，这种研究的成果和价值难以估量。正如柏拉图所说，这是斯巴达人唯一留给自己的研究。阅读普鲁塔克的《名人传》，怎会不使他得到益处呢？但是，除此之外，请让教师记住，他的引导是出于什么目的。他不应让学生记住迦太基灭亡的日期，而是要细说汉尼拔和西皮阿的行为方式；不要过多谈论马塞卢斯死于何处，而是要说说他因失职而死。

让教师不要教学生太多的历史事件，而是要对历史加以评判。在我看来，阅读能够表现出人们最多的不同之处。我在提图斯·李维的书中读到过上百件事，别人没有读过，或者至少没有注意到。而普鲁塔克读到的事，比我所能发现的更多了一百件，甚至超出了作者的原有之意。对一些人来说，这只不过是一门语法课；对另一些人来说，这是一门哲学的解剖课。通过这门课，我们可以洞悉人性中最深奥的部分。

普鲁塔克有许多长篇论述值得仔细阅读，因为在我看来，他是这类写作中最伟大的大师；但还有很多论述，他只是一带而过，为那些愿意深入探究的人指明方向。有时他只是在关于某个问题的佳作中简单地提及，余下的部分需要我们自己摸索。例如他曾说，亚洲的居民只是一个人的附庸，不敢说出那个单音节的词——"不"。这句话给了拉·波埃西灵感，令他写出了《自愿奴役论》。

我们还能看到他在某人的生活中撷取挑出一个微小的片段，或者挑选一个毫无意义的单词，本身就形成了一个完整的论述。有识之士无节制地追求简洁；毫无疑问，这使他们的名声更加显赫，同时我们却变得更差。普鲁塔克宁愿我们为他的判断力喝彩，也不愿我们赞扬他的学识渊博；宁可让我们有更多阅读的欲望，也不愿我们在读过的东西上耗费精力。他很清楚，即使有了最好的话题，人们也会说得太多。亚历山德里达斯责备一个人对检察官发表了虽然很好，但是很长的演说，他说："哦，陌生人！你说的是你该说的话，但不要这样说。"瘦小之人把衣服塞满假装强壮，毫无智慧之人用语言弥补。

人类的理解力在日常交谈中得到了奇妙的启发，否则我们将自我封闭，目光短浅，只能看到鼻子之下的东西。有人问苏格拉底来自哪个国家，他没有回答"雅典"，而是回答"世界"；他的想象力更丰富而宽广，将整个世界视为自己的国家，拓展他与全人类的交往。不像我们，只能看到自己的脚。

当我村里的葡萄被寒霜冻伤时，我的教区牧师马上得出结论：上帝已经向人类降下愤怒，蛮族已经快要死了。任谁看到我们在内战中遭遇的浩劫，都会大喊世界已经快要崩溃，审判的日子就要到了；无需质疑，过去曾发生过更糟的事情；与此同时，地球上其他很多地方，却正在欢呼雀跃。

就我而言，考虑到骚乱中常见的放纵破坏和逍遥法外之事，我奇怪他们竟然如此温和，没有犯下更多罪行。对于那些听到冰雹坠落的人来说，整个半球似乎处于暴风雨中。就像可笑的萨瓦人非常严肃地说，如果那个单纯的法国国王能够像他一样善于理财，也许会成为他的公爵主人的管家。在他肤浅的想象中，无法设想有哪个人比萨瓦公爵地位更高。事实上，我们都已不知不觉地陷入这个错误中，这是一个重大的、后果极其有害的错误。但是无论谁在脑海中将自然母亲的伟大图景呈现出来，置身她的威严和光辉之中；无论是谁，只要在她的脸上看到普遍和永恒的变化，就会发现不仅是他自己，还有整个王国，都只是笔尖一样小小的点；这时才能根据事物的真实情况作出评价。

这个大千世界，有些人能从中看到众多微小之处，好像一面镜子，可以照见自己，借以了解自己，正如我们面对真正的偏见时应做的那样。简而言之,我希望这是我年轻的学生最应该学习的教科书。那么多心绪、教派、判断、观点、法律和习俗,教会我们正确看待自己,提升我们的理解力,发现其中的不完美和天生的缺陷,这是重要的学习过程。许多国家发生动乱,百姓遭受苦难,将使我们明白自己无需有过多期待。那么多伟大的名字、那么多著名的胜利和征服,都被湮没在历史之中。我们是多么荒谬可笑,竟然希望通过抓住10名轻骑兵或者捣毁一个鸡窝而名留青史。那么多外交盛会中的骄傲和傲慢,那么多宫廷显贵的尊荣和威严,使我们习惯这样的场面,不会闭上眼睛回避耀眼的光芒。亿万人埋葬在我们之前,鼓励我们不要害怕去往另一个世界,与之为伴,因为万事皆是如此。

毕达哥拉斯说,我们的生活像是一个规模庞大而人数众多的奥林匹克运动会。其中一些人锻炼身体,为了夺取荣耀;另一些人带着商品,前来出售以牟利;还有一些人——并非如此不堪——没有其他追求,只想看看每件事是如何做的,以及为什么要这样做。做他人生活的旁观者,才能更好地判断和规范自己。

所有有益的哲学观点都可以恰当地在这些事例中找到。

人类的所有行为，可以通过哲学达到最理想的状态。要让学生明白：

> 了解什么是正确的愿望，钱财应当真正用在哪里；
> 我们的国家和挚爱的亲人，希望我们给予多少；
> 上帝想让你成为谁，让你做怎样的人；
> 我们处于人类的哪个部分，对什么目的感兴趣。
> ——柏修斯[1]

什么应当知晓，什么应当忽略；什么应当是学习的目的，以及怎样为此设计；什么是英勇、节制和正义；野心和贪婪、奴役和屈从、放纵和自由之间有什么区别；怎样分辨出真正和实在的满足；害怕死亡、痛苦和耻辱要到什么程度。

> 如何忍受和避免苦难。
> ——维吉尔

是什么秘密的动力驱使着我们，又是什么原因使我们激动不安、犹豫不决。我认为，一个人的启蒙课程，必须要规范

---

[1] 柏修斯，马其顿安提柯王朝的最后一任国王。

他的行为和意识，使他认识自己。教他怎样死得其所，怎样活得更好。在关于自由的学科中，让我们从使心灵自由的学科开始学起。并不是说，其他事物无法给生活以指导，它们也在某种程度上起作用。但是我们应当选择那些能够直接和实际地起作用的学科。

如果我们能够将生活中的所有事物，都限制在公正和自然的范围内，就会发现大多数科学对我们几乎毫无用处。即使那些有用的科学，也包含不必要的空泛之处。对此，我们最好是置之不理。应当按照苏格拉底的观点，将我们的学习局限于那些真正有用的东西。

> 敢于做个智者，应当采取行动！
> 拖延生命的时间，如同小丑。
> 等待河水退去才过河，
> 但是河水必将流到永远。
>
> ——贺拉斯

教导我们的孩子关于星座的知识和第八星球的运动，这是极大的幼稚。

双鱼座，象征激情的狮子座，或者西方浪潮中的摩羯座，都有什么力量？

——普罗佩提乌斯

我对昴宿星座或金牛座，
怎样关心？

——阿那克里翁[1]

阿那克西米尼[2]写信给毕达哥拉斯说："我为什么要自寻烦恼，去寻找星辰的秘密？死亡和奴役总是出现在我眼前。"因为当时波斯的国王正准备入侵他的国家。每个人都应当如此说："我被野心、贪婪、鲁莽、迷信和生活中的其他敌人攻击，还应该思考世界的变化吗？"

在教会了他怎样变得更聪明、更优秀之后，才可以用逻辑、物理、几何、修辞和科学等学科使他得到快乐。这些学科

---

1 阿那克里翁（约公元前570—约公元前480年），出生于希腊位于亚洲部分岛屿上的最后一个抒情诗人，他的诗作现仅存片段。
2 阿那克西米尼（公元前586—公元前526年），活跃在公元前6世纪后半期，前苏格拉底时期的古希腊哲学家，他主张物质一元论，认为气是万物之源。

应当是他最喜爱的，因为他的判断力已经形成，能够作出适合自己的判断。教导他的时候，有时应当通过讲解，有时应当通过阅读。有时，教师会把最适合他的作品交给他，有时则只传授作品的精华。如果教师自己对书本不够熟悉，不了解其中精辟的论述，那么可以邀请一位博学之士加入教导。要在任何场合都能得到所需的东西，供学生学习。

谁都不会怀疑，这种教学方式比加扎的方式容易和自然得多。后者的戒律是如此复杂和严厉，言辞又虚荣贫乏，以至于人们无法理解，无法启发智慧和想象力。心灵有粮食和营养，结出的果实就无比美丽，而且更加早熟。

令人惋惜的是，在我们这个时代，即使是有见识的人，也会将哲学视为一个虚幻的词语，无论是在观念中上还是在现实里，都把它当成一种毫无用处和价值的东西。我认为，其中的原因在于，那些诡辩的伎俩给人先入为主的印象。

人们为哲学描绘出了一副皱着眉头、冷酷又可怕的面孔，以这样的面目展示给孩子，让他们不敢接近。对于哲学被误解而言，这种做法难辞其咎。那么，是谁给哲学戴上了虚假、苍白、幽灵般的面具呢？再也没有比哲学更轻松快乐、令人愉悦的，我甚至想说，在这方面哲学简直显得肆无忌惮。她只会劝说人纵情享乐，欢饮达旦。如果有人露出忧郁焦虑的表情，那就表明他不懂哲学。语法学家德梅特利乌斯在德尔菲神庙里遇到一群哲学家正在聊天，就对他们说："你们是如此的愉快，要么我被欺骗了，要么你们绝非在进行深入的谈话。"其中一位叫赫拉克利翁[1]的大人物回答说："那些研究动词的将来时态是不是要双写字母A，或是研究比较级和最高级的派生词的人，才会在讨论时皱起眉头；但是哲学讨论总是会让人开心起来，不会使人沮丧和难过。"

可以看出，心灵的痛苦藏在病体之中，
也可以看到，它的快乐显示在外。
脸上的表情，全都来自心灵。

——尤维纳利斯

拥有哲学的灵魂是健康的，这样的灵魂驱使下的身体也同样是健康的。灵魂的宁静会散发在外，塑造人的行为，令人的举止优雅而自信，活泼而欢快，安详而满足。智慧最明显的

---

[1] 赫拉克利翁，活动时期为2世纪，诺斯替教意大利派的一位领袖，已知最早的一部《约翰福音》评注即出自他的手笔。

标志是持久的快乐，就像月亮上的事物一样，总是十分清朗。巴罗科和巴拉利普顿使他们的门徒变得如此肮脏和不受欢迎，而蒙冤的并不是哲学。与其说他们了解真正的哲学，不如说是道听途说的哲学。哲学使心灵的风暴平静，劝慰饥饿贫病之人欢笑和歌唱，并非是通过想象的本轮，而是通过自然和可见的道理。哲学的目的是美德，并非经院派学者所说的那样，坐落在陡峭、崎岖的悬崖顶上，让人难以企及。

恰恰相反，那些走近哲学的人会发现，她位于一片美丽、富饶、繁茂的高原上，对下面的一切都一目了然；任何人只要知晓道路，就可以愉快、轻松地走过绿意盎然、欣欣向荣的大道，到达像天穹一样的地方。这是至高无上的品德，美丽、勇敢又和蔼可亲，与焦虑、悲伤、恐惧和束缚毫不相容。她以自然为向导，为同伴带来财富和快乐。有人远离这种美德，根据自己贫乏的想象力，为哲学创造了一个可笑、悲哀、充满怨恨、卑鄙、威胁、可怕的形象，说它在山顶的荆棘丛中，好像一个妖怪吓唬路人。

我想要的教师，懂得他的职责是让学生不但崇敬美德，更要充满感情。他将告诉学生，诗人们能够反映大众的情绪，使他变得理智，认识到诸神走在通往爱神维纳斯的闺房的道路上，比在通往智慧女神密涅瓦[1]住处的路上，付出了更多的辛劳和汗水。

当学生开始理解之后，要向他介绍布拉达曼或安琪丽克作为情人。一个自然、活跃、慷慨、英姿勃发，有男性之美；另一个柔软、精致、惺惺作态，有些装腔作势。一个是英勇的青年，戴着闪闪发光的头盔；另一个装饰着缎带，像一只放荡的水貂。如果他作出的选择与柔弱的弗瑞吉亚牧羊人完全相反，他在感情上就会是勇敢而有男子汉气概的。

这样，教师会让学生学到一门新课：真正美德的崇高和价值，在于它既便利又实用，而且充满乐趣。无论是孩子还是成人，无知的人还是精明的人，都能获得这种美德。它让观念深入人心，而并非强制推行。苏格拉底是美德的第一个仆从，完全放弃了一切形式的暴力，自然地进入了这个境界之中。

她是所有人生乐趣的乳母。她使这些乐趣公正，使它们变得纯洁和持久。通过节制乐趣，使它们保持生命力；阻止她

---

[1] 密涅瓦，罗马神话中的智慧、战争、月亮和记忆女神，也是手工业者、学生、艺术家的保护神，罗马十二主神之一，对应希腊神话中的雅典娜、摩涅莫绪涅，凯尔特神话中的苏莉丝等女神。

所拒绝的乐趣,促使人们转向她所允许的乐趣。她像一个善良开明的母亲,为了人们得到满足,充分地允许一切自然的需要,而不至于过度。就像我们所说的,饮酒而不滥醉,享受美食而不暴饮暴食,寻欢作乐而不过度纵欲。

如果无法得到普通人的命运,她就不再依赖它,创造另一种完全属于自己的命运,不再变幻无常。她可以变得富裕、有能力、有智慧,知道如何躺在柔软芳香的床上;她热爱生命、美丽、荣耀和健康;但她的独特职责是知道如何恰当地使用这些美好的事物,以及如何坦然地失去它们。这一使命虽然困难,但是更加高尚。没有它,生命的过程将是不自然的、混乱的、畸形的,人类也将直面那些岩石和悬崖上的怪物。

如果这个学生碰巧有另一种性格,宁愿听奇怪的故事,而不愿听关于高尚探险的真实叙述,或是睿智博学的话语;同伴们听到战鼓声,激发了年轻的热情,他就离开他们,去看街头的马戏表演;他不觉得从一场战斗中满身尘土和汗水地凯旋,比从网球比赛获胜或舞会中捕获芳心而得到夸赞更愉快、更优秀,我想不到补救的办法,即使他是一名公爵的儿子,也只能在某个城市当学徒,学习做馅饼。根据柏拉图的教诲,培养子女不是按照父亲的财富、官阶或权力,而是按照他们自己灵魂深处的潜力。

既然哲学是指导我们生活的东西，在童年时代与其他年龄段都能得到它的教育，为什么不从孩提时就开始教导呢？

黏土又湿又软，
趁现在，用快轮将它塑造成水罐。

——柏修斯

当我们的人生快要结束时，才有人教导我们如何生活。很多学生在学到亚里士多德关于节制的课程之前，就已经染上性病。西塞罗说，哪怕他活上两个人生，也永远不会花费时间研究抒情诗人的作品。我发现那些诡辩家真是庸碌无为。我们的孩子，空闲的时间少得多；他生命的前十五六年都要接受教育，余下的岁月则用来实践。

因此，我们要利用这短暂的时间进行必要的教育。剔除辩证法中棘手的部分，它们是陋习，也是生活无法改变的东西。学会如何正确地选择和运用朴素的哲学观点，它们比薄伽丘[1]的小说更容易理解。处于哺乳期的孩子，比学习阅读和

---

[1] 薄伽丘（1313—1375年），意大利文艺复兴运动的代表之一，人文主义作家、诗人，著有《十日谈》《菲洛科洛》《苔塞伊达》等图书。

写作的孩子更能接受它们。哲学既能适应儿童时代，也能适应年老之时。

我很赞同普鲁塔克的观点。亚里士多德没有让他的大弟子费心去学习三段论[1]或几何学的原理，而是向他传授有关勇敢、无畏、宽宏大量、节制和藐视恐惧的戒律。当他还是个孩子的时候，就带着这些知识去征服整个世界的帝国，身边只有三万余名步兵、四千余匹马和四万二千埃居[2]军粮。他说，亚历山大高度赞扬了其他艺术和学科的卓越魅力，对它们非常尊重，但对它们的迷恋尚未达到亲自实践的程度。

青年和老人，
从心灵中找到支柱，
积攒可悲的白发。

——柏修斯

伊壁鸠鲁在给梅尼修斯的信的开头写道："年轻人不应

---

[1] 三段论推理是演绎推理中的一种简单推理判断。它包括：一个包含大项和中项的命题（大前提）、一个包含小项和中项的命题（小前提）以及一个包含小项和大项的命题（结论）三部分。
[2] 埃居：法国古货币的一种，1埃居（银）=3里弗尔。

拒绝哲学，老年人也不应厌倦哲学。"这似乎是说，如果没有做到这一点，就不会获得幸福，或者是得到幸福的机会已经过去。尽管如此，我不会让我们的学生被囚禁，成为书的奴隶；我也不会让他屈从于一个脾气暴躁又忧郁的书呆子教师。

我不想让他的精神受到恐吓和压抑，像是放在刑架上，每天折磨他十四五个小时，把他当成骡马。如果他是一个孤独忧郁的人，过度沉迷于书本，想要培养自己的幽默感，我也不认为这是好的。这会使他无法与人交谈，无法从事更好的工作。有多少同时代的人，因对知识的极度渴求而被彻底摧残？

卡涅阿德斯[1]就沉迷于此，以至于连梳头或修剪指甲的时间都没有。我不愿他的高雅举止被粗鲁和野蛮所破坏。法国人的智慧在古代被总结为谚语："历史很早，但没有延续至今。"事实上，我们现在还能看到，法国的孩子们无比聪明可爱，但总是辜负人们的期望。我曾听有见识的人说，我们把年轻人送到无处不在的大学里，然后把他们培养成了牲畜。

但是对于我们这位孩子来说，无论是在小屋里、花园

---

[1] 卡涅阿德斯，塞利尼人，希腊的怀疑派哲学家，柏拉图学园的首脑之一。

里、桌子旁，还是在床榻上，在独处时、与人为伴时、早上和晚上，任何时间和地点，都能让他用来学习。因为哲学作为判断和举止的导师，将是他最主要的学习科目，有权介入一切。演说家伊索克拉底在一次宴会上，被请求谈论他的艺术。他回答道："现在不是做我会做的事的时候，而是做我不会做的事的时候。"大家都对他的回答表示满意，纷纷称赞。因为大家聚在一起谈笑风生时，发表演说或进行修辞上的争论是非常不恰当的。这对于所有其他科学都一样。

但是对于哲学来说，其中一部分谈论的是人和人的职责。所有聪明人都有一个共同观点，即出于对交流的尊重，在所有运动和娱乐活动中都应被允许谈论。柏拉图在他的宴会上引入了哲学，我们看到他使大家都十分愉悦，时间和地点都非常合适，虽然谈论的都是最崇高和最重要的话语。

它对穷人和富人都有好处；
如果忽视它，
无论年老还是年少，
都要受伤。

——贺拉斯

通过这种教学方法，我的年轻学生将比学院里的同学更加忙碌也学得更多。我们在画廊里来回踱步的步数，是正式参观时所走步数的三倍，但并不使人感到疲倦。我们的教学也是这样，是随机进行的，不会规定时间或地点，可以因一个随意的行为而开始，在不知不觉中结束。

我们的运动和消遣占据学习的很大一部分，例如跑步、摔跤、音乐、舞蹈、狩猎、骑马和击剑。我想要他的神态、举止和身体的素质，都与思想保持一致。我们锻炼的不是灵魂或身体，而是完整的人，不应区别看待两者。正如柏拉图所说的，不要顾此失彼，而是要像套在马车上的两匹马一样，齐头并进。他这么说，似乎没有留出更多的时间和精力锻炼身体，却认为心灵应在很大程度上同时进行锻炼。

另外，这种教育方法应该宽严相济，这与那些老学究们的做法完全相反。他们不会用巧妙而温和的方式来引导孩子，而是在他们面前展示野性、恐怖和残忍。不要这样的暴力！不要这样的逼迫！在我看来，没有什么比这更能使善良的天性变得迟钝和堕落的了。如果你想让他懂得羞耻和责罚，就不要使他们变得冷酷无情；要使他适应冷热、风吹日晒，无视各种危险；要使他在衣食住行方面戒掉一切娇气；要使他习惯一切，不再是娇生惯养的公子哥,而是强壮而精力充沛的年轻人。

从孩提时代到今天,我一直都有这种看法,并且如今仍然坚持。但是除此之外,大多数学校的严格管理也令我不快。如果他们宽容一些,造成的危害会减小很多。这是一所真正的监狱,供被监禁的青年改过自新。在他们堕落之前受到惩罚,才真的使他们堕落了。在他们上课的时候,你只会听到孩子们的喊叫和教师的怒吼。教师表情愤怒,手里拿着棍子,让胆怯的孩子爱上读书。这是一种极为可恶和有害的暴行!

除此之外,昆体良[1]还指出,这种专横的权威往往会带来非常危险的后果,尤其是使用惩罚的方式。班级里散落着绿叶和美丽的花朵,比挂满血淋淋的柳树枝条更加体面!如果听我的安排,我要在学校里画上欢乐的图画,画出花神与美神,就像哲学家斯珀西普斯所做的那样。什么对他们有利,就要让他们快乐地做什么。对儿童有益的食物,要加上糖,对儿童有害的食物,要加苦水。

---

[1] 昆体良(约35—约100年),罗马帝国时期的著名律师、教育家和皇室委任的第一位修辞学教授,也是公元1世纪罗马最有成就的教育家,主张对儿童的教育应该多鼓励和引导。

奇妙的是看到柏拉图在《法律篇》中非常关心青年的娱乐和消遣，详尽地阐述了赛跑、竞技、歌唱、跳高和舞蹈。他说，古代负责掌管这些工作的是神：阿波罗、密涅瓦和缪斯女神。他长期关注体育运动，并给出了独特的看法。但是对于文学，他说得很少，只有在谈及音乐时特别提到了诗歌。

在社交时，要避免奇怪的举止和礼仪。亚历山大大帝的管家德莫丰，在树荫下汗流浃背，在阳光下瑟瑟发抖，有谁不对这样奇怪的体质感到惊讶呢？我见识过一些人，他们闻到苹果的气味就逃跑，比面对子弹时逃得还快。有些人害怕老鼠，有些人看到奶油就呕吐，还有些人看到羽毛床就要晕倒。日耳曼的尼库斯见不得公鸡，也不能忍受公鸡的叫声。

我不否认，其中或许有某种神秘的原因，或者天生的厌恶；但是我认为，如果及时采取行动，就可能会克服。这种办法对我的影响很大，尽管我承受了一些痛苦，但是除了啤酒之外，我对各种饮食都可以接受。

年轻的身体富有弹性，因此那时应该使它适应各种习俗和生活习惯。只要能在适当的限度内控制饮食和意志，就应当让年轻人以上帝的名义去各国各地历练，即使是放荡一些也没什么。他应当按照当地的风俗进行训练。你可以让他什么都能做，但只爱做好事。卡里斯提尼因为拒绝陪主人亚历山大大帝饮酒，失去了他的好感，哲学家们对此不以为然。这便是要让他和他的君主一起欢娱，一起嬉戏，一起放浪。但在放纵时，他要比同伴的兴致更高，在体力和精力上胜过他们，所以，他不做这些事，并不是因为缺乏权力或知识，而是不愿去做。

容忍做坏事与不会做坏事有天壤之别。

——塞涅卡

我想向一位贵族表示敬意，他不像法国的任何一位男士那样，做出过分的行为。我在一群要好的朋友面前，问他此生为了君主的事情在德国喝过多少次酒。他的确这样做过，因此回答说"三次"，而且说起了这三次的来龙去脉。我认识一些人，由于缺乏这样的天分，在为国效力时感到诸多不便。

我常对阿西皮亚德斯那美妙的体魄怀着极大的敬佩之情，他可以轻而易举地改变自己，融入各种环境，而不会损害他的健康。他有时比波斯人还要华丽和奢侈，有时则比斯巴达人还要朴素和节俭。在斯巴达时改过自新，在爱奥尼亚时追求享乐。

生活、地位和境况的每种面貌,
阿里斯蒂普都能接受。

——贺拉斯

我要让学生变成这样一个人。
我赞美这样的人,
坦然地穿着带补丁的衣服,
安心承受命运的变故,
无论怎样都很潇洒。

——贺拉斯

这些就是我所讲的课,那些把它们付诸实践的人,会比那些只读到的人收获更多。如果你看见他,就会听到他;如果你听到他,就会理解他。柏拉图曾说过,要学哲学,却仅读大量的书和学习艺术,这是天理所不容的。

他们通过生活,而不是读书,
开启了最伟大的生活。

——西塞罗

菲利亚人的君主莱昂问毕达哥拉斯,他教授什么艺术或科学。后者回答道:"我既不懂艺术,也不懂科学,但我是一个哲学家。"有人责怪第欧根尼,因为他无知却研究哲学。他却说:"所以我才更有理由学。"赫格西亚斯请求他读一本书,他说:"你真好笑。你选择自然真实的无花果,而不是画出来的无花果;那么你为什么不选择自然真实的练习,而要选择字面上的呢?"

与其让学生背诵课文,不如让他去练习。他会在行动中反复训练。要看他的行为是否谨慎,他的举止是否诚实公正,他的言语是否优雅而有见地,他生病时是否坚定,欢笑时是否谦虚,享乐时是否节制,经济上是否有序,口味上是否挑剔,无论他吃的是肉或鱼,喝的是酒或水。

谁将自己的学问,看作是生活的法则,而非科学的炫耀。谁遵守自己的律例,和为自己所定的典章。

——西塞罗

生活中的行为,能够真实地反映我们的学说。有人问泽克斯达莫斯,为什么斯巴达人不把他们的骑士精神书写下来,交给年轻人阅读。他回答说,这是因为他们会让年轻人付诸行动,而不是止步于言语。我们的大学中学习拉丁语的学生,要经过十五六年的学习,浪费了太多时间,只为了学习说话。世界上充满废话,我几乎没有见过哪个人说得太少,而只会说得太多。然而，我们的半生就这样流逝。我们用四五年的时间只学习单词，把它们拼成句子；再用同样长的时间学会写长文，其中分为四五个部分；至少再花五年，学会简洁地把单词组合成一篇复杂精妙的文章。让我们把这种事，交给那些专门从事这类工作的人吧。

有一次我去奥尔良的时候，在克莱里这边的平原上碰到两个学究，他们正朝波尔多走去，彼此相距约五十步远。在他们后面很远的地方，我看见一队人马，为首的是现在已故的德·拉·罗什富科伯爵大人。我的一个随从问走在前面的那位艺术大师，后面的那位绅士是谁。他没有看到那队人马，以为是问他的同伴，于是高兴地回答说："他不是个绅士，是一位语法学家，我是个逻辑学家。"

我们这里恰恰相反，不是要培养一个语法学家或逻辑学家，而是要培养一个绅士。让他们闲得无聊吧，我们在别处还有正事。只要给学生提供充足的知识，他的话语就会脱口而出。如果没有马上说出，他也会在随后慢慢说出来的。我见过一些人托词说无法表达自己，假装自己的脑海中充满美好的事物，但是由于缺乏口才而无法说出。这只是一种借口，除此之外没别的原因。你知道我是怎么想的吗？我认为他们学到的只不过是笼统的形象和观念的影子，不知道可以从中得到什么，自然就不会表达。他们自己也不明白自己会做什么。

如果你看到他们在谈论问题时是如何结巴的，就会很快得出结论：他们的劳作恰似尚未到分娩的时刻，而是仍在受孕，他们只是在谈论自己无形的胚胎。就我而言，我所持的观点与苏格拉底相同，即任何人的头脑中如果有一个清晰的形象，就总能使用一种语言表达出来。即便是哑巴，他也会使用表情。

一旦事物出现于头脑中，表达的词语很快呈现。

——贺拉斯

塞涅卡在散文中诗意地说：

事物进入心灵，语言自会出现。

——塞涅卡

还有另一种说法：

事物促使词语表达。

——西塞罗

他对夺格（法语中的离格，为表示某些意义的状语）、连词、名词性或语法一无所知，不比他的仆人或小桥上的卖鱼妇人了解得更多。如果你想要谈一谈，他们可以和你谈上很久。他们使用语言的水平几乎和法国最好的文学大师一样。他不懂修辞，也不知道如何在序言中引起读者的注意——他原本也不想知道。事实上，那些精美的装饰，会被简单明了的真理所掩盖。

精美的文章只是为了取悦庸俗的读者，因为他们无法接受更有意义的生动的表达，正如塔西佗所写的阿佩尔那样。萨摩斯岛的使者前来觐见斯巴达国王克里昂米尼，他们准备了一篇长篇大论，想要煽动他向暴君波利克拉底发动一场战争。克里昂米尼以极大的耐心听完了他们的高谈阔论，这样回答道："开场白我已经不记得了，因此也想不起演讲的中段，只听到了结论，而我不会做你想要做的。"我认为这是一个非常漂亮的回答，给了一群学识渊博的演说家当头一棒。

另一个人有怎样的经历？雅典人要从两位建筑师中选出一位来建造一座非常伟大的建筑。第一位建筑师冒冒失失，关于这项工作预先提出了若干意见，通过演说使民众偏向于他。另一位建筑师则只说了三句话："雅典人民啊，这位先生说的，我都会做。"当西塞罗高谈阔论的时候，许多人都为之倾倒，小加图只是笑着说："我们有一位制造幽默的执政官。"不管是说在前面还是后面，一句好话总是很合时宜。如果这句话与前后文并不连贯，也不妨碍我欣赏它本身。我从不认为能写出好的押韵，就能写出好诗。如果他愿意，就把短的写成长的，或把长的写成短的，这不是什么大问题。如果他作出了创新，他的智慧和判断力收效很好，我就会说这是个好诗人，但是不谙韵律。

他的举止优雅，但是文字粗糙。
——贺拉斯

贺拉斯说，要抛弃一切斧凿的痕迹和做法。

去掉韵律和节奏，
把第一个词放在最后，
把最后的词放在开头，
诗中仍然弥漫着诗人的心意。
——贺拉斯

他不会因此而失去自我，这些作品本身足够优秀。米南德[1]答应要写一出喜剧,但是时间过去了很久,他还没付诸行动,因此而受到了朋友的责备,他却回答说:"除了诗句,都已写好。"他把情节和场景都在心中安排妥当,其余的事情无需在乎。自从龙沙[2]和杜·贝莱[3]为我们法国的诗歌赢得声誉之后,我见过的每个业余诗人都在写作时高谈阔论,抑扬顿挫,好像他们一样。

声音大于内容。

——塞涅卡

对于普通人来说,从来没有像现在这样多的诗人。但是,尽管他们发现模仿韵律格调并不难,但无法模仿两位大师的丰富描写和精致细腻的情感。

---

1 米南德,古希腊雅典城邦的一位新喜剧诗人,是亚里士多德的吕刻昂学园继承人的弟子,古希腊新喜剧只传下米南德的两部完整剧本《恨世者》《萨摩斯女子》和残剧《公断》《割发》《赫罗斯》《农夫》等。
2 龙沙(1524—1585年),法国的第一位近代抒情诗人,代表作为《致埃莱娜十四行诗》。
3 杜·贝莱(1522—1560年),法国诗人,七星诗社(16世纪中期法国的一个由七位人文主义诗人组成的文学团体)的重要成员,主要诗集有《罗马怀古》《悔恨集》。

但是，如果我们的孩子受到三段论的诡辩攻击，他会怎么样呢？"威斯法利亚火腿让人想喝酒。喝酒能解渴。所以威斯法利亚火腿能解渴。"怎么办？就让他嘲笑它吧，这样做比回答更慎重。

或者让他借用亚里斯提卜[1]的一句经典的话："绑上了已经很麻烦，我为什么要费尽心思去解开？"有人建议克利西波斯[2]用辩证的技巧对付克里昂特斯，他却打断了对方说："把这些玩意儿留给孩子们玩吧，不要把成年人的严肃思想用在愚蠢之事上。"如果这些可笑的把戏，正如西塞罗所说的"晦涩的诡辩"，是要用谎言迷惑孩子，那就很危险了。但是，如果这些诡辩仅仅是为了逗笑他，我不明白为什么要让他认真对待。

有些人非常可笑，千里迢迢只为赶上一句好话：

有人不用语言来贴合主题，却从主题中寻找事物，使之符合语言。

——昆体良

[1] 亚里斯提卜（约公元前435—公元前360年），古希腊哲学家，昔勒尼学派的创始人。
[2] 克利西波斯（公元前280—公元前207年），斯多葛学派哲学集大成者。

另一人说：

有人喜欢一些好听的词，为此去做一些原本毫无兴趣的事情。

——塞涅卡

就我而言，我宁可绞尽脑汁地写出符合我目的的好句子，也不愿改变思路去使用一个好句子。相反，要让言语为人服务，跟随人的目标。用加斯科涅语去表达法语无法胜任的事情。我希望文章足够出色，让读者有想象的空间，这样就有事可做，而不会思考语言本身。我喜爱的说话方式是自然、朴实的，而写作与说话一样。男人表达自我时，应当强健有力，言简意赅，不要卖弄文采，故作高深，也不要过于激动。

刺穿耳朵，直达灵魂，
最有分量，最有智慧。

——卢坎

与其令人厌烦，不如艰涩难懂；杜绝矫揉造作、不规则、不连续和过于粗放；每个段落应该自成一体；不迂腐，不像传教士或诡辩士，而是像个士兵，像苏埃托尼乌斯[1]称呼尤利乌斯·凯撒一样；尽管我看不出他为什么要这样说。

我曾想要模仿当代的年轻人那种粗枝大叶的装束，把斗篷搭在一边的肩膀上，歪戴着帽子，一只长统袜不拉直，这些怪异的装扮似乎表达了一种傲慢的蔑视，对虚假的鄙夷。但是我发现，这种不修边幅更适合应用于语言。任何卖弄，特别是表现为法国式的欢乐和自由时，对于朝臣都是不体面的。在君主制国家中，每个绅士都应该按照朝臣的方式塑造自己。因此，轻松而自然的装扮就很好。我不喜欢可以看到打结和线头的网，同样也不愿看到身体上显露出骨骼和血管来。

为真理献身的语言应当朴素自然。

——塞涅卡

那些说话力求准确的人，想要同时困扰人的听觉。

——塞涅卡

雄辩使我们存有偏见，完全吸引了我们的注意力。就像

---

[1] 苏埃托尼乌斯（69—122年），罗马帝国早期的著名历史作家，代表作为《罗马十二帝王传》。

在装扮上使用奇装异服来把自己与大众区别开来一样，这是一种可笑的小气行为。在语言方面使用生僻的词和短语，也是出于幼稚的野心。但愿我只能使用巴黎的集市上所说的那种语言！当语法学家阿里斯托芬痛斥伊壁鸠鲁表达过于直率，以及演讲时只图言辞明快，实在很不适宜。模仿语言非常容易，人人都能做到。但是，模仿发明和创造是一个缓慢的过程。大多数读者只是找到了一件长袍，就以为他们也拥有相同的身材。力量和灵气是借不来的，语言和词汇则像服饰与外衣一样，可以借来借去。

与我交往的大多数人，说的都是我现在所写的这种语言。但他们所想的是否与我一样，我不能确定。柏拉图说，雅典人用语繁复而优雅，斯巴达人注重简练，克里特人更注重内涵丰富，而非言辞丰富。克里特人做得最好。芝诺常说他有两种门徒：一种被他称为语言史学家，对学习充满好奇，这是他最钟意的；另一种是文体学家，只注重语言。这并不意味着会讲漂亮话不是一种值得称赞的品质，而是不如做得好那样有意义。我最反感的是，一生只为语言这件事奔忙。

我首先要听懂自己的话，其次是邻居的话，因为我的大部分工作和谈话都与他们有关。毫无疑问，希腊语和拉丁语是非常美丽的语言，也非常有用，但是学习与掌握它需要付出太多代价学习。在此我将介绍一种我自己的方法，比常见的做法更简单，这样就能随心所欲地应用它。

先父曾对最有学问、最有判断力的人进行了精确的研究，想要探索出一种更好的教育方法，并且发现了当前所用方法的不当之处。他相信，我们花在学习那些以之为母语的人轻易会说的语言上的时间过多，这是导致我们无法像古希腊和罗马人那样伟大的唯一原因。然而，我不认为这是唯一原因。

父亲找到了一个权宜之计，在我幼年尚未开口说话之前，就把我交给了一个德国人。他完全不懂我们的语言，但是精通拉丁语，后来成为一位著名的医生，于法国去世。父亲为了让他教育我，重金将他从德国请到法国，时刻伴我左右。父亲还请了另外两个学识渊博的人照顾我，帮助德国人分担此项任务。这些人只和我说拉丁语。父亲对家里的其他人，也定下了一条不容更改的规定：无论是他自己，还是我的母亲、男仆和女仆，在对我说话时都应当夹杂一些刚学到的拉丁语。

简直无法想象这给整个家庭带来了多么大的好处。我的父亲和母亲通过这种方法学会了足够的拉丁语单词，不但完全能听懂，还足以应付任何必要的场合。那些经常和我在一起的仆人也是一样。简而言之，我们如此频繁地用拉丁语交谈，以至于邻近的村庄也受到了影响，目前那里还保留着一些工匠和工具的拉丁语称谓。至于我自己，我已经过了六岁，能听懂的法语或佩里戈尔方言与阿拉伯语一样多。没有通过正式学习，没有书本、语法或者训诫、鞭打，也没有掉过一滴眼泪，就已经学会了像导师一样纯正的拉丁语，因为我不会把它和其他东西混为一谈。举例来说，在学校的作文课上，老师给其他学生用法语出题，但是会给我一篇用蹩脚的拉丁语写成的文章，让我用拉丁语把它改通顺。

著有《论罗马人民集会》的尼古拉斯·格鲁奇，为亚里士多德作注释的纪尧姆·盖伦特，伟大的苏格兰诗人乔治·布坎南，法国和意大利公认的当时最优秀的演说家马克·安东尼·缪莱，都做过我的家庭教师。他们经常告诉我，我在幼年时期就已经能非常流利地用拉丁语交流了，以至于他们不敢与我交谈。尤其是布坎南，我后来在已故的马雷斯卡尔·德布里萨克元帅那里见过他。他告诉我正准备写一篇关于教育的论文，打算以我为素材。因为他当时是布里萨克伯爵的家庭教师，伯爵本人日后成为了一名高尚而勇敢的绅士。

对于希腊语，我只是一知半解。父亲打算让我使用一种新的方法来学习希腊语，这种方法通过游戏进行，就像有些人通过桌面游戏学习几何和算术一样。有人给他提出了一些建议，其中之一是应当不违背我的意志，让我自然地对科学和责任产生兴趣，使我的灵魂在自由和快乐中得到培养，不加任何严厉的约束。有些人认为，如果清早突然把孩子从睡梦中吵醒（孩子比成人睡得更沉），就会扰乱孩子的大脑。他观察我的睡眠，甚至可以说到了迷信的程度。他使用各种乐器奏出声响来唤醒我，我身边的所有音乐家都干过这个事。

由这个例子可以推知其他。仅此一点就足以说明，一位好父亲的谨慎和慈爱。如果他作出了如此周到的教育安排，却没有收获相应的果实，他不应该受到责备。造成这种情况的原因有两个：

第一，土壤贫瘠，不宜种植。因为虽然我的身体强壮，性情温顺，但却很懒惰，整天昏昏沉沉，使得我无法从闲散中被唤醒，甚至让我出去玩也不行。我对看到的事都能明白。我在沉重的外表下，孕育了超出自己年纪的大胆想象力和见解。我的思维迟钝，别人引导到哪里，就思考到哪里。我的理解力也很差，创造力低下，尤其令人难以置信的是，记忆力也差得要命。因此，如果父亲在我身上没有看到什么不寻常之处，也就不足为奇了。

其次，像那些病急乱投医，使用各种偏方的人一样，我的父亲对一心想做的事情可能面临的失败极其胆怯，最后竟然听从多数人的常规意见。就像一群鹤，总是跟着领头的飞。于是当他从意大利带出来的且给予了他最初的教育榜样的人离开他之后，他就按照当时的习俗，在我六岁的时候，把我送到了当时法国最好、最繁忙的居耶纳中学。

在那里，他不可能再为我增加任何良好的教育条件，例如为我提供最好的家庭教师，或者其他违反学校规定的特殊做法。尽管如此，在采取了这些预防措施之后，它仍然是一所学校。我的拉丁语立刻开始走下坡路，此后由于中断学习，拉丁语就荒废了。这种新的教育方式对我没有别的好处，只是让我直接进入了最高年级。我十三岁那年就离开了学校，并完成了我的全部课程（如他们所说）。事实上，在这段时间里，我没有学到任何令我进步的东西。

我对书籍的最初兴趣，是从阅读奥维德的《变形记》中的故事获得的。因为，在大约七八岁的时候，我放弃了所有其他的消遣去阅读这些故事。这既是因为书中所用的是我的母语，也因为这是最简单的书，其中的内容也最适宜我这个年龄的人。像是《湖中的朗斯洛》《阿马迪斯》《波尔多的于翁》这些孩子们最喜欢的通俗读物，我从来没有听说过，更不知道里面写了什么。我成长时的家庭管理是非常严格的。

但这已经足够让我忽略了其他课程。最幸运的是，我当时碰到了一个通情达理的导师，他非常清楚怎样纵容像我这样不爱学习的人。通过这种方式，我读完了维吉尔的《埃涅阿斯记》，然后是泰伦提乌斯，然后是普洛图斯，还有一些意大利喜剧，被这些甜蜜的故事所吸引。如果他当时愚蠢到令我戒除这种课外阅读，我坚信在学校里只能得到对书籍的厌恶，就像所有的年轻绅士一样。

但他在这件事上非常谨慎，假装毫无察觉，只让我在从其他常规学习中省下的时间里偷偷阅读，激起了我贪婪地读书的欲望。因为父亲把我送去受教育的时候，希望教师们具备的品质是和蔼可亲、温和宽厚。我除了举止懒惰和缺乏活力之外，没有别的缺点。他害怕的不是我做坏事，而是我什么也不做。没有人预言我会变得邪恶，只是判断我会毫无用处。他们看到了我的松垮懒散，而不是满肚子坏水。

我发现事情果然这样发生了。我常听到对我的抱怨："他总是无所事事，对亲友十分冷漠，对公众又挑剔和轻视。"但是最刻意中伤的人也不会说："他为什么要拿走这个？他为什么不付钱？"而是会说，"他为什么一无所获？他为什么不给？"

如果人们只是要求我做分内的事，我会将之视作一种恩宠。但是他们要求我做本不必做的事，态度比要求自己做应做的事时还要严厉得多，这就是不公平的。他们在惩罚我做某些事时，抹去了做这件事带来的好处，剥夺了我应有的感激之情。我所做的积极的善行本该更有价值，因为我从不亏欠任何人。越是属于我的财富，我就越能自由地支配。我越能做自己，就越能管理自己的行为。尽管如此，如果我善于粉饰自己，或许可以很好地驳斥这些指责。还能让一些人明白，他们并不是因为我做得不够好而感到不快，而是因为我能做的比已经做的多而感到不快。尽管我的性情如此沉重，但我的心灵在回归自我时，会对外界的事作出明确而清晰的判断，并能独立理解它们。最重要的是，我坚信无法通过暴行和武力让我的心灵屈服。我是否该介绍一下我年轻时的优点？我的表情、声音和手势都十分自信，能全身心地扮演任何角色，只是年龄太小。

我才刚满十二岁。

——维吉尔

我在布坎南、盖伦特和穆雷特的拉丁悲剧中扮演主角，这些悲剧在居耶纳中学隆重上演。我们的校长安德烈亚斯·戈维亚努斯，就像他负责的其他职务一样，是法国最优秀的校长，无人能够与之相比。而我被认为是最好的演员之一。我并不反对这种锻炼年轻人的方式，我也曾见过我们的一些亲王上台表演，仿照古人的模样，认真地进行排练。在希腊，允许贵族子弟以此为生。

他把这件事告诉了悲剧演员阿里斯顿，一个家境殷实的人。他们两人都没有因为这一职业而受到任何羞辱。在希腊，演戏并不是低贱的事。

——提图斯·李维

我总是责怪那些无礼地谴责这些娱乐的人，拒绝接纳值得一看的演员进入城镇，阻止大众的娱乐活动，这是非常不公平的。治理得较好的城市通常会把市民召集起来，不但要举行庄严的宗教仪式，还要让他们参加体育活动和观看表演。他们会发现，社交和友谊因此而得到加强。此外，有什么比在最高长官面前进行的表演更加有秩序和规矩的呢？亲王们出于父母官的好意，应当出资满足人民的娱乐需求。在人口稠密的城市里，应该建造专门的剧院供演出使用，这将使民众远离恶行。我认为这样做是正当而合理的。

现在我们言归正传，没有什么比激发孩子的渴望和热情更加重要的了，否则，你只会教育出装满书本的驴子。你可以用鞭子抽打，使他们留住口袋里的学问。但是要让学问得到应用，不但要让他们拥有，还要让他们接受。

论良心

在内战时期的某一天，我和我的兄弟布鲁斯先生一同外出旅行，遇见了一位有教养的绅士。他属于我们的敌对阵营，但是我没有看出来，因为他装作并非如此。在这样的战争中，局势是如此的混乱，你的敌人无论是语言还是习惯都和你没有明显的区别。你们遵守相同的法律和风俗，呼吸同样的空气，很难避免混乱和困惑。这让我害怕在一个陌生的地方遇到自己一方的军队，这样我就难免报出自己的名字，不知是否会发生更糟糕的事情，就像我以前经历过的那样。那次正是由于这样的错误，我失去了我的人马。其中有一位意大利侍从——我付出很多关心和爱意培育了他——这样一个充满希望的青年却被悲惨地杀害了。

但是我和我的兄弟遇到的那位绅士，在遇到任何一匹马，经过任何一座效忠国王的城镇时，都被吓得半死。我最后发现，他的恐惧是来自良心的不安。在这个可怜的人看来，人们仿佛可以透过他的面具和衣服上的十字架，看透他的胸膛，读出他内心最隐秘的意图。良心的力量是如此奇妙。良心使我们背叛、控告、自相残杀，因为没有别的证人，良心就会借此机会作不利于自己的见证。

灵魂的拷问者，挥舞着锋利的鞭子。

——尤维纳利斯

每个孩子口中都传颂这样一个故事：帕奥尼人贝苏斯被指责肆意毁坏一个鸟窝，杀死了里面的幼鸟。他辩称这样做是有理由的，因为那些小鸟一直诬告：他杀死了自己的父亲。这件弑父的罪行从前不为人知，但是来自良心的复仇之怒，使他意识到自己的罪过，并为此受苦。

柏拉图说过，惩罚紧跟着罪恶。赫西奥德[1]纠正了他的说法，认为惩罚与罪恶同时诞生。期待惩罚的人，已经遭受惩罚；应受惩罚的人，正在期待惩罚。邪恶使邪恶之人自作自受：

为恶之人承受最坏的恶果。

——拉丁谚语

[1] 赫西奥德（生活于公元前8世纪，享年不详），古希腊诗人，以长诗《工作与时日》《神谱》闻名于世，被称为"希腊训谕诗之父"。

就像黄蜂蜇伤别人，受害最深的却是自己，因为它将永远失去它的刺和蜇人的能力。

它们把自己的生命留在伤口里。

——维吉尔

由于自然界中的规律都是相对的，斑蝥在身体的某个地方分泌一种物质，能够对抗自身的毒素。同样地，当有人以作恶为乐时，良心中也会涌起一种不快，使人无论在睡梦中还是醒来时都承受痛苦想象的折磨：

许多人常在睡梦或疾病中胡言乱语，暴露了自己，把长期隐藏的罪行公之于众。

——卢克莱修

阿波罗多洛斯梦见自己被斯基泰人剥了皮，又被扔进大锅里煮，他的心喃喃自语道："我是你遭受的这些不幸的罪魁祸首。"伊壁鸠鲁说过，恶人没有藏身之处，因为当他们良心发现时，永远无法确信自己能够躲过处罚。

这是最重的惩罚，没有任何罪人能因自我的判决而被赦免。

——尤维纳利斯

邪恶的良心使我们充满恐惧，善良的良心使我们坚定和自信。我可以诚恳地说，我经历众多危险而步伐始终稳定，正是凭借对自己意志的深入了解，和意图的纯洁无瑕：

一个人的内心充满希望还是恐惧，都因良心而定。

——奥维德

有成千上万这样的例子，但只需举出同一个人的三个例子就够了。有一天，西庇阿在罗马人民面前被指控犯下了一些重罪，他没有为自己开脱，也没有奉承他的法官，而是说："你们竟然想要我的人头，一个让你们有权审判所有人的人头。"

又有一次，他面对人民法庭对他的起诉，没有为自己辩护，而是说："公民们，我们走吧，让我们去感谢诸神，感谢他们在像今天这样的日子里使我战胜了迦太基人。"他走向圣殿，所有人，包括原告，都紧跟在他的后面。

还有一次，人民法庭受了加图的唆使，要西庇阿交代他在安提阿省的一切账目。西庇阿因此来到了元老院，他从袍子底下拿出一本账册，告诉他们这是确切的收支账目。但当元老院要求他交出账册以供检查时，他却拒绝了，说不会这样羞辱自己，给自己造成这么大的耻辱。他当着全体元老院议员的面，亲手把账册撕成碎片。我不相信这颗坚韧的良心会做这样的伪造。提图斯·李维说，他天生性情高傲，拥有高尚的心灵，绝不知道如何犯罪，以及卑微地为自己的清白辩护。

实施酷刑是一项危险的发明，似乎是对人的耐受力的考验，而非对事实的考验。有忍耐力的人和没有忍耐力的人都会隐瞒真相，痛苦能迫使我承认事实，为什么不能迫使我承认非事实呢？反之，如果一个无罪的人有勇气承受这些痛苦，那么一个有罪的人为何不能承受这些痛苦，换取美好的生命回报呢？

我相信这项发明的依据来自于对良心力量的考虑：对于有罪的人来说，酷刑似乎一方面有助于使他承认自己的错误，动摇他的意志；另一方面，它可以让无辜的人不怕酷刑。但是当施加酷刑时，说实在话，审判就充满了不确定性和危险。一个人为了免受如此难耐的痛苦，又有什么不愿说，有什么不愿做呢？

痛苦会使无辜的人撒谎。

——普布利流斯·西鲁斯[1]

因此，审判者本是为了让人并非死于无罪，结果却让人受尽折磨又死于无罪。成千上万受审者的脑袋里填满了虚假的供述。我想到了菲罗塔斯[2]在受亚历山大的审问时受尽折磨的过程。但也有人说，这是针对人类弱点所发明的最不邪恶的一种。尽管如此，在我看来，这是非常不人道的，而且毫无意义。

在这一点上，许多国家没有希腊和罗马那么野蛮，他们认为折磨和撕碎一个只是被怀疑犯错的人，是可怕和残忍的。你不知道事情，他能怎么办呢？你不想无故杀他，却比杀死他更糟糕，这难道不是不公平吗？事实是，人们有多少次宁愿无缘无故地死去，也不愿接受这种审问，因为这种审问比被处决更痛苦。因为它通常在决定实施处决之前，就已经将人处决了。

---

[1] 普布利流斯·西鲁斯，古罗马拉丁文格言作家之一，其作品现仅存残篇。
[2] 菲罗塔斯（生活于公元前4世纪），是安提柯王朝的一位马其顿将军。

我不知是在哪里听到这个故事的，但它完全符合我们的正义良心。一个村妇向一位纪律严明的将军控诉他的一个士兵，说他从她那里抢走了仅剩的一点用来喂养孩子的肉糜。军队已经把所有东西都吃光了。但是她没有证据。将军警告女人要当心她所说的话，因为如果她说谎，就犯下了诬告罪。她坚持自己的指控，于是将军割开了士兵的肚子，以弄清事实真相。证据表明，村妇说的是对的。这也算一次有警示意义的判决。

论书籍

我毫不怀疑我所谈到的事情，由专家们来谈会显得更好、更真实。这是一篇纯粹关于我的天性而非后天习得的知识的文章，即使有谁认为这是我的无知之谈，他也不会比我本人了解得更多。我不愿我的作品对他人影响甚深，我是为自己而写，而我本人也不见得对此有多满意。凡寻求知识的，就要看他是否能钓到知识的鱼。我最不擅长的就是做学问。文中所写的，都是我的幻想，我并不想人们以此来发现知识，而是了解我的内心。也许有一天，这些会为我所知，或者曾经为我所知，但是当命运带我真正了解它们时，我已经完全忘记了。

我读过很多书，但毫无印象。

所以我不能保证任何事情，只能说明我现在掌握了什么知识，以及掌握到了什么程度。因此，不要看重我所写的事，而要看重我写这些事的方式。

要让他们看看，我引用的东西是否恰当，是否帮助我说明自身观点。因为有时我无法如实地表达自我，或许是拙于辞令，或许是缺乏智慧，因此要让他人替我表达。我从未计算过引用的数量，而是侧重它的价值。如果我想通过数量取胜，引用会多出两倍。这些引用都是出自大名鼎鼎的古代作家，只有极少数除外。无需我过多介绍，你们就知道他是谁。我试图把这些推理、比较和辩论融入自己的文章中，与我的观点加以混合，因此我会故意隐瞒作者，以使那些草率的批评者心生敬畏。他们批评各种各样的作品，特别是对那些仍在世的年轻作家尤为苛刻。他们的语言十分庸俗，引起众人的批判，同时认为他人的观念都是庸俗的。我要叫他们针对我的作品而嘲笑普鲁塔克，自以为在骂我的时候骂塞涅卡。我用这些名人来掩饰自己的弱点。

我爱任何一个懂得如何挑剔我的人。也就是说，他能通过清晰的理解和判断，理解词语的力量和美感。因为我缺乏记忆，时不时无法想起引用的出处并对他们分门别类。但是我很清楚，以我的能力来衡量，我的土地无法开出我在那里发现的盛开的花，我的果园生长的果实，也比不上他人那里的任何一颗。

因此如果我未能准确表达自己，我的作品中有虚妄和瑕疵，当别人指出给我看时，我却仍未发现，那么这是我的责任。因为许多错误都逃过了我们的眼睛，但当别人向我们展示错误时，我们却不能辨别，这就是判断的弱点。我们可能无法同时得到知识、真理和判断力，或许在具备判断力时，却没有前两者。但承认自己的无知，是我所知道的最好和最可靠的、证明具有判断力的证据之一。

我在撰写文章时毫无章法，完全信笔由缰。我想到了什么，就把它们逐个写下来；有时想法蜂拥而至，有时则有序到来。我希望人们能看到我自然而朴素的表达模式，尽管很不规则。我以自己的兴致写作，我对这些情况并非一无所知，否则在谈论时会过于随意。

我希望对事物有更全面的了解，但是我不愿付出高昂的代价。我打算轻松地度过余生，而不是辛苦操劳。没有什么事值得我绞尽脑汁，即使是学习知识也不行，无论这是多么有价值的事。在读书时，我只想通过真诚的消遣来取悦自己。如果我进行研究，也不是为了科学，而是为了认识自我，为了教我如何面对死亡，如何活得更好。

我的马必须按我的步伐走。

——普罗佩提乌斯

在阅读中遇到困难，我不会为此而抱怨；尝试一两次之后，我就放弃继续思考，最后不了了之。如果我始终执着不放，既会失去自我，也会浪费时间。因为我性子急躁，必须一开始尽力理解，如果不能立即洞悉，那么越坚持不懈，反而会更加糊涂。我做任何事都需要快乐，过分固执会使我失去判断，变得麻木。我的视线将因此而模糊。

我必须收回视线，再次进行新的尝试。正如为了正确判断红色的光泽，必须把目光放在它上面，反复扫视，再眨眼几次才能看到。

如果一本书不讨我喜欢，我就换另一本，只是在我无所事事的时候，我才会拿起书来阅读。我不太喜欢新书，因为古人的作品内容更加丰富而充实。我也不常读希腊作家的书，因为我对希腊文不太了解，我的判断力无法发挥作用。

在那些简单的、富有娱乐性的书中，薄伽丘的《十日谈》、拉伯雷[1]的作品，和约翰内斯·赛昆多斯的《吻》（如果这些书可以归为此类）都值得一读。至于阿玛迪斯，以及类

---

[1] 弗朗索瓦·拉伯雷（1494—1553年），文艺复兴时期法国人文主义作家之一，在欧洲文学史上是与但丁、莎士比亚、塞万提斯并肩的文化巨人，其代表作为《巨人传》。

似的著作，甚至无法吸引童年时的我。而且我还要大胆而不无冒昧地说，我这颗苍老而沉重的灵魂，现在已不再为亚里士多德和可敬的奥维德所震动。奥维德的写作技巧和独特情节曾使我如此陶醉，现在却毫无趣味，我几乎没有耐心去读了。

我对一切事物都畅所欲言，即使那些事物可能超出我能理解的范围。因此，我所作的判断，只显示个人的理解，而非指我大胆评述的事物。当我发现自己厌恶柏拉图的《阿西俄库篇》，认为这是一部无力的作品时，我的判断并不一定正确。我不会傲慢到反对古代的权威，因为古人对这部作品相当推崇，我应当虔诚地接受。在这种情况下，我只能谴责自己只是停留在表面，无法理解深处的思想，或者是用错误的眼光来看待它。只要不是观点混乱，我就十分满足；至于自己的弱点，我也会坦率地承认。我通过作品呈现出的表象作出恰当的解释，但这些表象是脆弱和不完善的。大多数伊索寓言都有不同的意义，神话学家们选择了与寓言最吻合的角度来解读。但是，在大多数情况下，这只是最肤浅的层次，只是外部的表象，还有一些更生动、更深入、更本质的层次，是他们未能达到的。而我做的就是这类工作。

为了阐述这篇文章的目的，我继续往下说。我一向认为，在诗歌上，维吉尔、卢克莱修、卡图卢斯和贺拉斯在许多方面远胜他人。而且很明显，维吉尔的《乔琪克》，我认为是成就最高的诗歌。相比之下，人们很容易就能看出，如果维吉尔有空闲，可以在他的《埃涅阿斯记》中写到更多。该书的第五卷在我看来是最完美的。我也喜爱卢坎的著作，非常乐意阅读，但不是因为他的写作风格，而是因为他自身的价值，以及他的观点和判断真实可靠。至于善良的泰伦提乌斯——他的拉丁语十分优雅——我觉得他对我们的风土人情和灵魂活动的生动描绘令人钦佩。我们的日常行为，经常使我想到他。我总是读他的诗，每次都能对优雅与美有新的认识。

生活在稍晚于维吉尔时代的人抱怨说，有些人把卢克莱修和他相提并论。我认为这种比较的确是非常不公平的；然而当我读到卢克莱修的一些精彩篇章时，也忍不住这样认为。但是，如果他们对这种比较如此愤怒，又会对如今把维吉尔和阿里奥斯托[1]作比较的愚蠢行为说些什么呢？阿里奥斯托自己也会这样说吗？

---

1 阿里奥斯托（1474—1533年），意大利文艺复兴时期的著名诗人，其代表作为《列娜》。

多么愚蠢而乏味的时代啊。

——卡图鲁斯

我认为古人有更多的理由对那些把普劳图斯[1]和特伦斯相提并论的人感到愤怒,尽管他们比将卢克雷修斯和维吉尔相提并论的人更接近事实。罗马的雄辩之父经常提起泰伦斯,说他是唯一的。贺拉斯是罗马诗人中最优秀的法官,这让他更加声名远播。

我经常看到我们这个时代写喜剧的人(模仿那些熟悉此道的意大利人),拿普洛图斯或泰伦提乌斯作品中的三四个片段拼凑成自己的一个剧本。他们把五六个薄伽丘的小说组成一个剧本。他们如此重用这些经典,是因为自己的力量不足以支撑自己的作品,所以必须找到可以依靠的东西。他们无法用自己的东西来使我们快乐,就用情节来弥补语言的缺陷。至于我喜欢的作者泰伦提乌斯则完全不同,他优雅的表达方式令我们并

---

[1] 普劳图斯(公元前254—公元前184年),罗马共和国时期首位有完整作品传世的喜剧作家,也是古罗马最重要的喜剧作家。他的喜剧从平民观点讽刺社会风习,特别对当时的淫乱、贪婪、寄生等现象予以针砭。

不关注书中的内容，他优美的语言时刻占据着我们的心，自始至终都如此令人愉快；他优美的语言占据了我们的灵魂，以至于忘记了他的寓言。

纯净，如同一条清澈的河流。

——贺拉斯

我更进一步考虑到：据观察，古代最优秀的诗人都避免矫揉造作，不但毫无西班牙人和彼特拉克[1]信徒那样的夸夸其谈，也没有后来时代的诗篇中那样绵软的修饰词。没有一个具有良好判断力的评论家会谴责这一点。对卡图鲁斯的隽永、甜美的短诗无尽赞美，远胜过马提亚尔的诗篇结尾的警句。这与我之前说过的原因是一样的，正如马提亚尔自己所说：

他无需费心去做，故事本身就已经足够。

——马提亚尔

---

[1] 彼特拉克（1304—1374年），意大利学者、诗人，文艺复兴时期第一个人文主义者，被誉为"文艺复兴之父"。他以十四行诗著称于世，也为欧洲抒情诗的发展开辟了道路，并被后人尊称为"诗圣"；与但丁、薄伽丘齐名，被文学史上称为"三颗巨星"；其代表作为《歌集》。

前者既不动声色也不生气，总是令自己被充分地感知，从始至终都有足够的笑料，无需搔痒。而另一些人则需要外部的帮助，才华越少，罗列的情节越多。他们骑在马背上，因为不能用自己的腿站立。就像在舞会上一样，那些技艺差的舞者无法表达出贵族的风度和尊严，因此喜欢用危险的跳跃和摇摇晃晃的奇怪动作来哗众取宠。女士们在跳舞时也是如此，有各种各样的舞步。有些人动作富于变化，身体灵活，而有些人更加稳重，只是以自然的步伐移动来表现平常的优雅和风度。我也见过好的滑稽演员，穿着日常的衣服，脸上带着同样的表情，却能为我们带来艺术的乐趣。而他们的学徒还没有达到如此完美的程度，要在脸上扑满粉，打扮成可笑的样子，用力扮鬼脸，才能使我们发笑。

把《埃涅阿斯纪》和《疯狂的奥兰多》比较一下，我的这一想法就更能说明问题。我们看到，前者展翅翱翔，勇敢而从容，始终遵循同样的观点。而后者在故事之间不断切换，像是在树枝间飞舞跳跃，它的翅膀只能用来进行短途的飞越，在每个转折点都要休息，以免精疲力竭，喘不过气来。

他只能短途旅行。

——维吉尔

就这类主题而言，这些作者是我的最爱。

至于我读的另一些书籍，也十分有趣。阅读使我学会总结自己的观点。令我最受帮助的是普鲁塔克（他的作品已经被翻译成法语），还有塞涅卡。两者都有一个明显的特点，便是符合我的口味。我在他们的书中寻求的知识是以松散的片段来论述的，就像普鲁塔克的《短文集》和塞涅卡的《道德书简》，不需要我费力地长时间阅读（我对此无能为力）。这些是他们所有作品中最好的。我可以随时拿在手里阅读，也可以随时放下，因为文章之间没有固定的顺序和关系。

在很大程度上，这些作者对于处世的观点是一致的；他们之间有一种相似之处，命运将他们带到了同一个世纪，他们都是罗马皇帝的导师，都是外国人，富有且有权势。他们的教导是哲学的精华，传授知识的方式朴素而中肯。普鲁塔克的思想更为统一和稳定，塞涅卡则更富于变化，更能屈能伸。塞涅卡过于严厉，总是以道德修养去克服软弱、恐惧和邪恶的欲望；普鲁塔克似乎更轻视他们的缺点，不愿改变他的节奏，也不屑于提高警戒。普鲁塔克的观点是柏拉图式的、温和的，与社会相适应。塞涅卡则推崇斯多葛主义和享乐主义，与普遍的做法相去甚远，但是在我看来，更适合个人，也更加坚定。塞涅卡似乎倾向于他那个时代的皇帝的专制，我可以肯定，他谴责那些慷慨刺杀凯撒之人的行为，违背了自己的判断力。普鲁塔克自始至终都很坦然，塞涅卡充满了轻快的嘲讽。普鲁塔克的文章充满使人温暖和感动的内容，始终引导着我们，而塞涅卡推动我们前进。

至于西塞罗，他对我的设想最有帮助的，是那些规定我们的生活礼仪和规则的作品。但是我要大胆地说（因为已经越过了礼仪的界线，所以就没有拘束了），他的写作方式在我看来是令人生厌的。序言、定义、分类和词源占据了他作品中的大部分，有生命力的精华都迷失在冗长的废话中。当我花了一个小时读他的书——这对我来说已经是很长时间了——然后试图回忆起从中得到的好处时，通常一无所获；因为他还没有谈到有用的论点，也没有谈到我所寻找的问题的答案。

对于我这样只想变得更明智，而不是更博学或更雄辩的人来说，这些逻辑学和亚里士多德式的哲学是毫无用处的。我希望作者直奔主题。我很清楚何为死亡和快乐，不需要任何人为我费力剖析。我需要作者用坚实、可靠的理由来指导我如何面对事情。对于这个目的，无论是语法的微妙，还是词语的精辟，都毫无用处。我希望论述能切入主题，而西塞罗则不符合此道。他的文章适合教学、诉讼和布道，使我们有时间打盹，一刻钟后我们醒来，还有足够的时间找到继续听下去的线索。对于那些无关对错都必须要说服的法官，和必须讲明道理的孩子和普通人，这样说话才有必要。我绝不愿意一个作家把注意力放在吸引我上，不希望他们大喊五十次："哎，注意！"就像传令官那样。罗马人在宗教活动开始时喊："注意啦！"就好像我们喊："鼓起勇气！"这是我不愿听的话。我已经做好了充分的准备，不需要诱惑。我可以吃生肉，不需要调味汁。它们不但无法激起我的食欲，反而会让我失去胃口。

我指责柏拉图的《对话录》繁冗乏味，扼杀了太多主题。我不禁感叹，这样一个人有那么多更有意义的话可说，却花费那么长的篇幅写些不必要的对话。我这样的亵渎是否会得到原谅呢？请原谅我的无知吧，我对希腊文的理解还不够透彻，不能领会他的语言之美。

我通常选择阅读有真实学问的书籍，而不是对学问浅尝辄止的书籍。我最喜欢的两本书，和大普林尼的著作以及类似的图书，都没有"注意"这种东西。他们是写给那些有准备的人看的。或者，即便有"注意"之类，也充满实质内容，能够独立成为一个篇章。

我也很喜欢读《给阿提库斯的信》，不仅因为其中有大量关于他那个时代的历史事件，更重要的是我从中发现了很多他流露真情之处。正如我在别处说过的那样，我总是保有一种好奇心，想窥探与我交谈的作者的灵魂和他天然的观点。我可以通过他们在人间舞台上所展示的内容来了解他们的个性，但无法了解他们的习惯。

我曾无数次地为布鲁图斯所著的关于美德的论述失传而哀叹，因为向那些最了解美德的人学习理论非常有趣。但是布道和布道者完全不同，我很乐意在普鲁塔克的书里看到布鲁图斯的影子，就像在布鲁图斯自己的书里看到他一样。我想了解他对军队的士兵发表的演讲，但是更想知道前一晚他在帐篷里和朋友的密谈。我想了解他在书房和卧室中做的事，更甚于想要了解他在广场和议院所做的事。

至于西塞罗，我与大众的看法一致，除了学识渊博之外，他并没有卓越的天赋。他是个好公民，和蔼可亲，就像所有像他这样风趣又胖的人一样。但是说实话，他有很大的虚荣心和野心。他认为他的诗适合发表,我却不知该如何理解这一点。写诗拙劣并不是很大的问题,但他竟然不知道他的诗与他的声名是多么不匹配,这才是一个巨大的缺点。

至于他的口才,那是完全无人可及的。我相信永远也无人可以与他相比。小西塞罗在亚洲指挥战事时,除了名字之外,其他任何一点都不像他的父亲。有一天,他的桌子旁坐着几个陌生人,在那几个人中,塞斯提乌斯坐在最末的座位上。那时经常有人闯入大人物家的宴席。西塞罗问他的一个仆人,那人是谁,仆人马上告诉了他。但他却心不在焉,忘了仆人的回答,后来又问了三四次同样的问题,仆人想要从无休止的提问中解脱出来,就用一件特别的事来使他认识那人,于是说:"这就是有人跟您说过的塞斯提乌斯,他认为您父亲的口才不如他的好。"西塞罗被激怒了,下令立刻抓住可怜的塞斯提乌斯,当着他的面鞭打了一顿。他真是一个粗暴的主人!

然而,即使是在那些认为他的口才无与伦比的人当中,也有一些人认为他的口才有缺点;正如他的朋友,伟大的布鲁图斯所说的:"这是一种支离破碎的口才。"那些与他同时代的演说家们,也谴责他对长句子的偏爱,并特别指出他频繁使用"好像是"这样的词。就我而言,我更喜欢短促的句子,这样长短句搭配更合理些。不过，他有时也会把音节更错落地组合，虽然这种情况很少见。我注意到了这样一段话：

我宁愿年华短暂地老去，也不愿未老先衰。

——西塞罗

历史学家的作品是我所钟爱的，因为他们的文章令人愉快，容易阅读。而且通常来说，我想要了解的人，在历史学家的笔下比其他地方更生动而完整。

历史学家的内在品质多种多样，或粗或细。面临威胁和意外时，内心的应对方法形式多样。那些撰写人物生平的历史学家，更注重历史给人的启示而非历史事件，更多着墨于内心，而非外物。这最符合我的阅读兴趣。因此，普鲁塔克是最适合我阅读的历史学家。

他们未曾被更多的人了解。因为我同样好奇这些伟大的导师的生活和命运，以及他们形形色色的学说和观点。

在这类历史研究中，必须毫无区别地翻阅各种作家的作品，无论是古代的还是现代的，无论是法国的还是外国的，这样才能了解他们从不同角度研究的史实。但在我看来，凯撒尤其值得研究，不仅是因为他对历史的了解，更是因为他本人就是历史的一员，他是如此卓越和完美，胜过其他所有人，包括萨卢斯特在内。

诚然，我怀着比对一般人更多的崇敬和尊重来阅读他的作品。一方面，我们可以评述他的行为和奇迹般的行事；另一方面，还可以欣赏他语言的纯洁和无与伦比的优美。正如西塞罗所说的，他超过了其他所有的历史学家，甚至超过了西塞罗本人。凯撒谈到他的敌人时，他的判断是如此真诚。如果有什么正确的批评，那么只有他努力用虚假的夸赞来掩饰自己的罪恶和致命的野心，以及对自己的评价过于保守。他做出了如此多伟大的事，他个人所创造的功绩一定比他写出的要大。

我喜欢历史学家，无论他们是单纯还是杰出。那些单纯的历史学家，没有在作品中掺入自己的观点，只是收集他们所知道的一切，忠实地记录所有的资料，不加选择或辨别，把发现真理的权利留给我们。例如善良的让·傅华萨，他非常坦率，不羞于承认自己犯下的错误，并虚心地改正错误。他甚至记录了各种谣言和各地不同的报道。这是赤裸裸的、不经修饰的历史资料，每个人都可以根据自己的理解从中获益。

更优秀的历史学家有判断力，能够挑选最值得了解的东西，并且能从两份史料中发现哪一份最有可能是真实的。从王侯的状况和他们的性情，得出他们的真实意图，并赋予他们适合当时情况的谈吐。这些人有权让我们接受他们的观点，但这种特权属于极少数人。处于这两类中间的历史学家占了大多数，他们破坏了一切。他们会擅自为我们作决定，擅自评判历史，使历史倾向于他们的想象。因为如果评论偏向一边，后人就无法避免受此影响，也倾向于这种偏见。他们宣称选择的是值得我们知道的东西，却常常对我们隐瞒某句话和某件私事，因为只有这样才能更好地影响我们。令人难以置信的是，他们忽略了自己不懂的东西，也许还遗漏了一些无法很好地用法语或拉丁语表达的东西。他们尽情地炫耀自己的口才和智慧，按自己的意思妄加判断。但他们应当给我们留下一些未加筛选和掩盖的东西，留给我们完整和纯洁的史实，让我们看过之后再作判断。

特别是在近些时候，尽是些平庸的人来从事历史研究，仅仅是因为他们言辞优美，仿佛我们要向他们学习语法一样。挑选这样的人是有理由的，他们被雇来不为其他，而只是喋喋不休，不关心除了措辞之外的部分。他们从街上收集到一些流言蜚语，然后便拼凑成一篇美丽的报告。

唯一好的历史，是那些亲身参与，或者参与指挥，或者至少作为当时事件的亲历者写的。几乎所有的希腊和罗马历史都是这样的。因为有几个目击者写了同一个主题，就像宏伟的志向和才华出现在同一个人身上，哪怕碰巧出现了一个错误，那也必然是个非常轻微的错误，或者是一件疑案。

一个人能指望从一个描写战争的医生或一个研究王侯计谋的学生那里学到什么呢？如果我们注意到罗马人在这方面是多么严谨，只需要这样一个例子：阿西尼乌斯·波里奥[1]在凯撒所写的历史中发现了一些歪曲的史实，这是由一个错误造成的：他不能同时关注军队的各个方面。这是由于向他汇报的人没有提供真实的情况，或者他的副手们没有把他不在时自己的所作所为完全汇报给他。

由此我们可以看到，调查真相的过程非常微妙。如果无法相信一场战斗的报告，那么既不能从指挥官那里了解信息，也不能依靠士兵的报告。除非采用司法调查的方法，考证目击者提供的最直接的细节，与证人对质。说实在的，我们对自己

---

[1] 阿西尼乌斯·波里奥（公元前75—公元4年），一般简称为波里奥，罗马共和国后期罗马帝国初期著名的一位军人政治家、历史学家、演说家，同时代的罗马诗人维吉尔和贺拉斯的赞助人。

的事务了解得也很模糊。这一点让·博丹已经讲得非常充分，也与我的想法完全吻合。

为了弥补我记忆的弱点（这种事在我身上发生过不止一次，我以为一本书我还未曾看过，其实我在几年前仔细阅读过，上面写满了笔记），我最近采用了一个老习惯，在每本书的结尾（我近期并不打算再读的书）写上读完的时间和作出的判断，这或许至少能让我知道我在阅读时对作者的总体想法。我将在此抄录其中的一些注解。

这是我在大约十年前写下的关于圭契阿迪尼[1]的注解（无论我读的书使用什么语言，我总是用自己的语言写注释）："他是一个勤奋的历史学家，在我看来，人们可以从他那里了解那个时代的真相，比任何人写的都要准确。在大多数情况下，他自己就是参与者，是下命令的人。没有任何迹象表明他掩饰了任何东西，无论是出于仇恨、恩惠还是虚荣。他对那个时代的伟大人物，尤其是提拔和任用他的人，都给予了充分的评论，

---

[1] 圭契阿迪尼，意大利历史学家，其代表作为《1378—1509年佛罗伦萨史》。它打破了当时在意大利实际存在的邦国界限，勾勒出了当时整个意大利的轮廓，是欧洲文艺复兴时期的重要典籍。

如教皇克莱门特七世。至于他认为自己最擅长的那一部分,即他的题外话和种种论述,其中的确有一些非常好的观点,但他过分沉迷于此。他有一个如此充实、意蕴深厚的主题,因此他毫无保留,不自觉地堕落成了迂腐的学究。

"我还从他身上观察到了这一点,他评判了那么多的人与事、动机与行动,但是从未归因于美德、宗教或良心,仿佛这一切都从世上绝迹了。对于所有行动,无论它们从外表显得多么高尚,他总是将之指向恶毒的揣摩或私利,这是很难想象的。在他提到的无数行动中,必定有一个出自诚实的理性。没有哪种腐败能感染所有人,以至于人们都无法摆脱。这使我怀疑他自己的内心就是邪恶的,因此会以己度人。"

我在菲利普·德·科明的书中写道:"你会发现,这本书的语言优美,清新自然,叙述平实朴素,作者的诚意显而易见。谈到自己时,没有虚荣,谈到别人时,没有羡慕或嫉妒,他的言谈和劝诫热情且诚挚,不带任何自负。他自始至终都透露着严肃,这表明他是一个出身名门的人,很有阅历。"

我曾对杜·贝雷兄弟的《回忆录》写道:"读那些亲历者所写的东西总是令人愉快的,但不可否认的是,这两位贵族(合著回忆录的马丁·杜·贝雷和纪尧姆·德·兰吉)身上缺乏那些古代的历史学家们流露出的自由，例如圣路易的侍从让·德·儒安维尔，查理曼大帝的大臣埃金哈德，以及后来的菲利普·德·科明。我们看到的与其说是历史，不如说是弗朗西斯国王对查尔斯五世的辩解之词。就事实而言，我不相信他们伪造了任何历史。但是他们常常违背常理，歪曲事情，过于不尊重我们。他们也常常忽略主人生活中那些敏感的事情。例如他们省略了德·莫朗西和德·布里翁先生的情况，甚至连德·埃斯坦普夫人的名字也没有提到。历史学家可能隐瞒一些秘密，但是对全世界都知道的事情，以及由此导致的严重后果绝口不提，是一种不可原谅的缺陷。总之，若听我的建议，想要了解弗朗索瓦一世及其统治时期的人和事，尽可以到别处去寻找。从这部回忆录中获得的唯一好处就是，能看到对这些大人物亲身参与的战争和所取得的功绩的特殊叙述。其中记载了那个时代的君主私下里的言行，朗杰的领主签订的条约和谈判，有很多值得一读的事情，文辞也并不庸俗。"

论言过其实

从前有一位修辞学家说过，他的职业是把小事说得伟大。好比一个鞋匠，可以为一双小脚做一双大鞋子。在斯巴达，他们会把这样靠说谎和欺骗为生的家伙送去鞭打。我想，当阿基达默斯国王问修昔底德[1]，他和伯里克利谁摔跤更好时，修昔底德的回答会使国王吃惊。他回答说："这很难说。因为当我把他摔倒的时候，他总能让观众相信他并没有摔倒，然后拿走奖品。"

我们不应该责备那些把自己的脸涂得粉嫩、抹平皱纹的女人，因为是否能看到她们的真容无关紧要。但是有些人不仅欺骗我们的眼睛，而且还欺骗我们的判断，歪曲和破坏事物的本质。像斯巴达和克里特这样的城邦，政局稳定，治理良好，所以演说家并不十分受人尊敬。

阿里斯托明智地将修辞学定义为"说服人民的科学"；

---

[1] 修昔底德（约公元前460—公元前400/396年），雅典人，古希腊历史学家、文学家和雅典十大将军之一，以其代表作《伯罗奔尼撒战争史》在西方史学界占有重要地位。

苏格拉底和柏拉图则将之定义为"奉承和欺骗的艺术"。那些在大道理中否定修辞学的人,却在他们的训诫中处处使用它。

伊斯兰教徒不会让他们的孩子接受修辞学的教育,因为这是无用的。雅典人意识到在城市中修辞学被普遍使用,认为这是有害的,于是下令把煽情的主要篇章及绪论和结语全部删去。

修辞学这种工具,被发明用来管理和统治乌合之众,就像一种治疗疾病的药物,用于应对混乱的社会状态。在庸俗或无知的人或二者兼而有之的人那里具备无上权力,能颁布法律的地方,比如雅典、罗得岛和罗马,在那些始终处于骚乱中的社会,演说家们便出现了。事实上,在那些共和国中,很少有人不靠雄辩的帮助而得到显赫的地位。庞培、凯撒、克拉苏[1]、卢库卢斯[2]、兰图卢斯、梅泰鲁斯,都因此获得了最重

---

[1] 克拉苏(公元前115—公元前53年),罗马共和国时期的一位军事家、政治家,罗马共和国末期声名显赫的首富。他在苏拉隐退后,和庞培、凯撒合作,组成三头政治同盟。

[2] 卢库卢斯(公元前117—公元前56年),罗马共和国时期的一位将军和执政官,因苏拉的提拔而崛起,是罗马共和国史上首屈一指的优秀军事家。

要的升迁机会，达到了权力的顶峰。他们更加依靠口才而非武器，这与美好时代的观点截然相反。

因为，L. 沃卢姆努斯当众演讲，支持Q. 法比乌斯和P. 德基乌斯[1]得到执政官的职位。他说："这些人是为战争而生的，从事伟大的事业，在唇枪舌剑的争斗中也毫不示弱，具备真正的执政能力。他们头脑精明、能言善辩并且博学多才，对这个城市有益，足以成为执政官，主持司法裁判工作。"

在罗马，当公共事务处于最糟的状况，人群中充满不安的骚动时，雄辩最为盛行，就像一块未开垦的土地上滋长出繁茂的杂草。这样看来，一个君主制的政府对它的需求比其他任何政府都少：因为百姓天生愚昧，容易受迷人的谎言左右，无法用理性的力量衡量或考虑事物的真相。对于这种现象我要说，在一个独裁君主身上是不容易找到的。良好的教育和大臣的建议，使他更不容易受这种毒药的影响。波斯和马其顿从来没有一个著名的演说家。

我之所以说到这个话题，是因为我最近不羞于认可一个

---

[1] L. 沃卢姆努斯、Q. 法比乌斯、P. 德基乌斯都曾是古罗马的执政官。

意大利人。他是已故的卡加夫红衣主教的膳食总管，任职期直到主教去世。我让这个家伙把他的职务详加说明。当他开始谈论这门学问时，他脸上的表情是那么沉着，神气是那么庄重，仿佛他刚才谈的是什么深奥的神学问题。他对几种不同的胃口作了一番学问上的区分：一个人在开始吃饭之前，以及在吃了第二和第三道菜之后的胃口；什么方法只能满足食欲，什么方法能引人胃口大开；调料应当如何使用，首先是一般的，然后是特殊的，要根据食材的品质和特点分别处理；在不同的季节，哪些沙拉应该是热的，哪些应该是冷的；如何对食物进行装饰，使它们看起来更受人欢迎。在这之后，他谈起了上菜的次序，这需要慎重的考虑。

应该怎样切兔肉，怎样切鸡肉，其中学问甚多。

——尤维纳利斯

所有这些都是用崇高而华丽的语言来阐述的，就像我们在谈论一个帝国的治理时使用的那样。这番谈话使我想起了泰伦提乌斯的话：

盐太多了，烧焦了，没洗干净！
刚刚好，记得下次再这么做！
我劝告他们，尽我所能，把事情做好。
总之，德米娅，我命令我的厨师，
把每道菜都当作一面镜子，告诉他们该做什么。

——泰伦提乌斯

即便是希腊人，也对波勒斯·埃米利乌斯从马其顿归来时宴请他们的安排和服务高度赞赏。但我在这里要说的不是他们所做的，而是他们所说的。

我不知道其他人对此是否有相同的观感，但当我听到建筑师高谈阔论地说起壁柱、门楣、飞檐、科林斯和多立克柱型，以及诸如此类的术语时，我的头脑就像被阿波里登宫占据。实际上，我发现这些不过是指我家厨房门上的几块微不足道的木板。

听到人们谈论转喻、隐喻、寓言和其他语法词汇时，难道不认为它们是指某种罕见的、奇异的说话方式吗？然而这些话却是谈论我的侍女的胡言乱语。

还有一种同样的花言巧语，即用罗马人的崇高头衔称呼我们王国的官职，尽管它们在功能上没有任何相似之处，更没有那样的权威和权力。我怀疑，这终有一天这会成为我们这个时代的耻辱：把古代几个世纪里只授予一两个人的荣耀称号，毫不相配地加在我们认为合适的人身上。柏拉图被称为神，这是一种普遍的认同，从来没有人反对。然而意大利人，他们假装有充分的理由认为自己比同时代的其他民族更聪明，更有理智，最近却把同样的头衔授予了阿雷蒂诺[1]。在他的著作中，用词的确离奇精巧，但是文章却显得牵强附会，即便口才不错，我也看不出他与其他作家有何不同。他离古人的神性相去甚远，但我们也毫不在意地给那些平凡的王子冠以伟大的称号。

---

[1] 阿雷蒂诺（1492—1556年），意大利文学家，真实姓氏不详，出生在阿雷佐，因而自称阿雷蒂诺，即阿雷佐人，著有《御马长官》《妓女》《伪君子》等图书。

论身居高位的难处

既然我们无法做到这一点，不如骂它一顿来出一口气。当然，指出缺陷并不算是完全的批评，因为万事万物都有缺点，无论它是多么美丽，或者多么令人垂涎。

一般来说，身居高位有一个明显的优点，那就是可以随心所欲地自降身份，也可以同时拥有进退的权利。他不会从高位坠落。很多人都能走上平地而不摔倒。在我看来，我们对这一点看得过高，也高估了那些蔑视高位而自愿退出的人的决心。

它实际上并不似看起来那样易于做到，但也并非只能通过奇迹才能使人拒绝。我觉得承受不幸是件很困难的事，但小富即安、不想成为伟大之人则十分容易。这是一种美德，我没有什么特殊的能力，也可以不费力气就实现。如果他们考虑到退位所带来的荣耀，在退位中潜藏着比身居高位的欲望更大的野心，那么又会做出什么事呢？通过旁门左道以实现自己追求的目标，往往会更加容易。

我激励自己的勇气，以多加忍耐，克制欲望。我和其他人一样有许多期望，也允许这些期望自由而轻率地表达。但我从来没有奢望得到一个帝国或拥有王权，或至高无上的显赫地位。我没有这样的目标，我太爱自己了。当我想变得更好时，也会十分谨慎，小心翼翼，无论是在决心、谨慎、健康、美丽甚至财富方面，都完全以适合自己为准则。

至高无上的名声和强大的权威，压迫我的想象力。跟另一位（即凯撒）[1]完全相反，我宁愿在佩里戈尔当第二或第三，而不愿在巴黎当第一。至少说实话，我宁愿当巴黎的第三名，而不愿做老大。我既不会和一个无名小卒争论，也不会在路上让人群向我致敬。我愿意处于中游，这既是命运的安排，也是我的选择。我的整个生活和事业已经表明，我宁愿避免而不是执着于上帝赐予我的财富。一切自然的际遇都是同样公正和自由的。我的本质如此懦弱，衡量好运的标准不是身居高位，而是过得安逸。

我的志向不够远大，但能敞开心扉，大胆地袒露自己的弱点，这让我可以比较两个人的生平：一个是L.托利乌斯·巴

---

[1] 这里的"另一位"指的是凯撒，在普鲁塔克的记载中，凯撒说过这样一句话："我宁可在小村里当老大，也不愿在罗马当第二人。"

尔布斯，他是一个勇敢的男人，英俊、博学且善解人意，有各种各样的乐趣，自己过着平静的生活，准备好面对死亡、迷信、痛苦和其他人类必然面对的苦难，最后在战争中为了保卫国家执剑而死。另一个是M.勒古鲁斯先生，众所周知，他的一生是伟大而崇高的，死时也令人钦佩。

一个默默无闻，没有高尚的名誉；另一个是人们仰望的偶像，充满荣耀。毫无疑问，我应该像西塞罗那样作出评价。但若将我自己与他们相比，那么我会说，前者符合我的能力，是我所能达到的，后者则将我远远抛在身后，令我望尘莫及。我无法接近后者，只能怀着崇敬，对前者则能身体力行。

有些离题了，让我们回到前面所说的身居高位吧。我厌恶一切高高在上的统治，无论是统治他人还是被人统治。奥塔内斯是有权继承波斯王位的七个人之一，他做了我也心甘情愿去做的事。他放弃了和竞争对手争继承权的机会，不参加选举，只求和家人能够在帝国中生活，除古代法律外不受任何管束，并且可以享受不损害他人利益的一切自由，既不命令他人，也不必听从他人的命令。

在我看来，世界上最痛苦、最困难的工作，莫过于担任一个合格的国王。我比一般人更能原谅他们的错误，因为我觉得他们的负担太重了。手中的权力大到无法估量,很难平衡地使用。即使对那些平庸的人来说,坐在这样的位子上,也是对他道德的考验。所做的任何一件小事都将被记录在案,所做的最小的决定都将影响那么多人,好比传教士一样,直接面对人民。他们难以秉公执法,容易被蒙蔽,也容易迷失在权力带来的幻象中。

我们很少能对事情作出真诚的判断,因为很少有事情是我们毫无私人利益牵扯的。地位优越与卑微、统治与服从,必然会引起天生的嫉妒与竞争,使二者永远相互纠缠。我相信双方都不比对方更有权力,因此,让理性来决定我们何时能利用它吧,因为理性是坚定不移、不被感情左右的。不到一个月前,我读到两位苏格兰作家的作品,在这个问题上争论不休。其中代表人民的,把国王的处境描述得比车夫更糟;为君主著书立说的,则把他的权柄夸得比上帝还要高出一些。

正是如此,才使我注意到了本文所说的身居高位的不利之处。在人们的交际活动中,没有什么比出于对荣誉和价值的竞逐而对彼此进行的考验更令人愉快的了,无论是身体的锻炼上,还是在智力的比拼上,都与至高无上的王权无关。而且我常常认为,如果是出于对力量的尊重,那么尊敬王权反而是对国王的轻蔑和伤害。在我的童年时代,那些和我比试的人因为我不值得他们使出全力,故而有意克制自己,这让我极为恼火。我们每天都会见到,每个人都觉得自己不配和他们较量。如果我们发现他们想要胜利,没有人会不想方设法使他们得逞,宁愿出卖自己的荣耀也不愿意得罪他们。为了保住他们的荣誉,他们会在必要时动用武力。既然人人都站在他们那一边,那么他们又能做些什么呢?

我好像看到了那些古代的圣骑士们,用施了魔法的武器和身体冲上前去战斗。布里森在与亚历山大的较量中故意失误了,装作用尽了全力。亚历山大因此责怪他,但他本该鞭打他。考虑到这一点,卡内德斯说:"王爷的儿子应装作除了驯马之外什么都不会,因为在其他的所有训练中,每个人都会对他们礼让三分;但是一匹马既不会阿谀奉承,也不是朝堂上的大臣,因此毫不客气地把国王的儿子扔了出去,就像扔守门人的儿子一样。"荷马也同意这一点,因此让维纳斯,这样甜美娇嫩的女神在特洛伊战役[1]中受伤,从而拥有那些未经过危

---

[1] 特洛伊战役(公元前1193—公元前1183年),以争夺世上最漂亮的女人海伦为起因,以阿伽门农、墨涅拉俄斯为首的希腊联军进攻以普里阿摩斯为国王的特洛伊城的十年攻城战。

险的人身上不可能有的勇气。他将众神塑造得愤怒、恐惧、逃避、嫉妒、悲伤、充满激情，从而充满美德。在我们当中，美德是建立在这些不完美之上的。

不经历危险和磨难，就不能获得来自于其中的荣誉和快乐。一个人的权势过于强大，以致万物都向他屈服，这并非幸事。命运使你远离社会，陷入无边的孤独之中。轻易获得一切的便利和受人拜服的权力，是一切乐趣的敌人："这是坐轿，不是走路；这是睡觉，不是生活。"让一个人拥有全能，就是在毁灭他。要不断给他阻挠和困扰，这是他所缺乏的东西。人的恶能演变成善，而善则会变成恶。不必总是回避痛苦，不必总是追求快乐。

他们的优秀品质已不复存在，因为这些只能通过比较才能显露出来。我们不把他们进行比较，他们对真正的赞美几乎一无所知，因为已经被一贯的赞美给愚弄得失去了思考能力。他们跟最蠢的臣民比试的时候，也没办法取胜，那位臣民只要说："因为他是我的国王。"就已经足够了，这说明他是自己认输的。

这种品质扼杀并消耗了其他真正的和基本的品质：他们沉溺于王权之中，对除了直接与他们的地位有关，能够为他们服务的职能之外的一切都不重视。对他们来说，做一个国王是最重要的。外部的光辉围绕着他，遮蔽着他，把他笼罩在我们的视线之外。我们的视线变得模糊而分散，被这强烈的光阻挡。元老院把口才奖颁给了提比略，但他拒绝了；因为他认为即便奖项是公正的，这样的判断也不是出于自由的评选，所以不愿领受这一殊荣。

当我们给予国王这些荣誉时，不仅口头加以赞许，也在行为上模仿，这就是承认和认可他们所有的缺点和罪行。亚历山大的每个追随者都像他一样，把头侧向一边。狄俄尼修斯的谄媚者在他面前会来来往往，把脚下的东西都踢翻了，表明他们和他一样半盲。甚至疝气也能使人得宠。我还见过有人假装耳聋的。普鲁塔克曾经看到，因为国王恨他的妻子，朝臣们就纷纷抛弃了他们的爱人。

更有甚者，不洁和放荡成为了时尚。还有不忠、渎神、残忍、异端、迷信、不信教、娘娘腔，也还有比糟糕还要更糟糕的，那就是马屁精。米特拉达梯想要装成一个好医生，而谄媚他的马屁精竟然来到他面前，让他切割和烧灼自己的身体。还有人允许更为脆弱和高贵的部分——灵魂——也被烧灼。

让我结束最初的话题：哈德良皇帝和哲学家法沃利努斯

就某个词的解释进行了争论，法沃利努斯很快认输了。他的朋友们为此责备他，他说："你说得简单，他指挥着三十个军团，难道你们说他不比我更聪明吗？"奥古斯都曾写诗反对阿西尼乌斯·波利奥。波利奥说："我什么也不要说，和有权圈禁别人的人较量是不明智的。"

他们是对的，因为狄奥尼修斯在诗歌上无法比肩菲洛克塞努斯，在写作上不如柏拉图，于是他就将一个人贬到采石场做苦工，把另一个卖到埃吉纳岛当奴隶。

论我们行为的变化无常

对致力于观察人的行为的人来说，最困难的莫过于发现人的行为的协调性和一致性，因为它们常常不可思议地相互矛盾，简直不像是同一个人做出来的。我们发现小马略时而是马尔斯[1]的儿子，时而是维纳斯的儿子。据说博尼法斯八世教皇上位时像只狐狸，在位时像头狮子，死时像条狗。当有人按照惯例把一份死刑判决书交给尼禄签字时，谁能相信这个完美象征着一切残忍的暴君会喊道："天啊，我情愿不会写字！"判处一个人死刑真的让他的内心如此悲伤？

在所有的故事中都充斥着这样的例子，每个人都可以从自己的行为或观察到的行为中发现很多这样的例子，以致有时我会诧异于一些聪明人自寻烦恼地整理这些碎片，因为在我看来，优柔寡断是人性中最常见、最明显的弱点，这有普布利流

---

[1] 马尔斯，罗马神话中的国土、战争、农业和春天之神，罗马十二主神之一。朱庇特和朱诺之子，贝娄娜的丈夫，维纳斯的情人，是罗马军团崇拜的神明中最重要的一位，对应希腊神话中的阿瑞斯。

斯的著名诗句为证：

> 只有坏主意才会永无变化。
>
> ——普布利流斯·西鲁斯

根据一个人在生活中最常见的行为来判断他，似乎有其道理；但鉴于我们的举止和观点天生就不稳定，我常常认为，即使是最优秀的作家也难免出错，可他们硬要把我们塑造成某种恒定而坚固的形象；他们选择一个人留给众人的一般印象，根据这种印象来解释他的一切行为，如果无法在某种行为和其他行为之间找到一致性，他们就会将其归咎于虚伪。奥古斯都就是一个他们无法评判的人，因为他一生的行为都是如此的瞬息万变，让人难以捉摸，就连最大胆的评论家都无法为其下定论。在人的所有品德中，我最难相信的就是始终如一，而最容易看到的就是变化无常。从更全面的角度出发，从一点一点的细节才能清楚地判断一个人，往往也更接近真相。

我们很难在历史上挑选出十几个人，他们沿着某种确定的、恒常的道路生活——这种确定、恒常是智慧的主要意图。因为，为了把整个人生概括为一个词，把人生的所有规则浓缩为一条，一位古人说："要或不要，必须保持一致。我不想加上一个前提：这种意愿是恰当的。因为不恰当的意愿不可能坚定不移。"我以前确实听说过，恶行只不过是不守规矩，缺乏节制，因此不可能始终如一。德摩斯梯尼[1]说过这么一句话："一切美德以向人请教和深思熟虑为开端，以始终如一为结尾。"如果我们要根据理性决定某条道路，我们总会选择最好的那条道路，但没有人想过：

> 他蔑视他所寻找的，一旦失去又要再次寻找。
> 他摇摆不定，整个生活充满了矛盾。
>
> ——贺拉斯

我们通常的做法是跟随自己的意愿，无论是向左还是向右，向上还是向下，都要看当时的风向把我们吹到哪儿。我们从来没有想过自己会拥有的东西，直到我们想要拥有它；并且像变色龙一样，躺到哪里，就变成什么颜色。我们刚刚有了打算，随后就变了主意，很快又变了回去，朝三暮四，反复无常：

---

[1] 德摩斯梯尼（公元前384—公元前322年），古希腊雅典城邦的雄辩家、民主派政治家。

我们就像受人摆布的牵线木偶与旋转陀螺。

——贺拉斯

我们不是在走路,而是被驱赶;就像漂浮在水中,随着水流的快慢,时而缓缓前行,时而横冲直撞:

难道我们没有看到:
他们不知想要什么,总是寻求一些新的,仿佛可以摆脱负担。

——卢克莱修

每一天都有新的奇思妙想,我们的心情也随着时间的推移而不断变化。

人的思想的变化,如同神圣的朱庇特,
用光明逐渐照亮大地。

——荷马

我们在各种各样的意愿之间摇摆不定;我们无法自由地、绝对地、坚定地作出决定。如果有谁能在头脑中为自己的行为制定和建立明确的法规和准则,那么我们就会看到他生活中的一切都在贯彻同样的态度,行为和处事都符合一定的规则,绝无偏差。

恩培多克勒[1]在阿格里真托人身上观察到了这种矛盾性，他们沉溺于享乐，仿佛每一天都是生命的最后一天，但建造家园时又好像会永远活下去一样。

只要迈出一步，就会一直走下去，犹如流畅的声音，协调而不失调，这一点在小加图身上体现得很明显，因此对他不难评判。但我们却截然相反，每一个具体的行动都需要具体的评判。在我看来，最可靠的方法是在相似的条件下进行衡量，不作长期调查，也不另生推断。

我听说，在我们这可怜的国家发生动乱期间，离我住处不远的地方有一位少女，为了不被住在她家的一名普通士兵强暴，便从窗子跳了出去；不过她没有摔死，要不是有人拦着，她又会试图割破自己的喉咙；但尽管如此，她还是伤得很严重。她主动承认，那士兵除了向她求爱，恳求她，送礼物给她，并没有对她提出别的要求，但她害怕他最终会采取暴力行为。她说这番话时的表情和语气，以及她身上沾着的自己的

---

[1] 恩培多克勒（公元前493/495—公元前432/435年），古希腊哲学家，性格颇像毕达哥拉斯，其主张含有较强烈的神秘主义色彩，其代表作为《论自然》《洗心篇》。

鲜血，都是她美德的最高证明，让她看起来像是另一位柳克丽希亚。但我可以很有把握地说，无论是之前还是之后，她都不是一个如此冷漠的少女。俗话说得好，就算你想做个有魅力的人，做个值得尊敬的绅士，也不要因为被拒绝而一口咬定你的恋人有着不可侵犯的贞操；或许你的骡夫更对她的胃口，只是你不知道而已。

安提柯因为自己的一名士兵作战英勇，便对他倍加喜爱和尊敬，并命令他的医生必须治好长期折磨他的内疾。看到他痊愈以后不再像往日那般干劲十足，安提柯问他，是什么让他变得如此胆怯。"陛下，是您自己，"他回答道，"您减轻了我的痛苦，这痛苦原本让我厌倦了活着。"卢库卢斯的士兵被敌人偷了东西，于是对敌人发起勇猛的报复，结果大获全胜，这次行动让卢库卢斯对他评价颇高，想方设法地派他去完成一项非常危险的任务，又是劝说，又是许诺；

任何胆小鬼听了这话都会勇气大增。
——贺拉斯

"派个惨遭抢劫的士兵去干那事吧。"他回答道。

他说，丢了钱包的穷鬼，
你让他去哪儿，他就去哪儿。

——贺拉斯

他断然拒绝前往。

我们在书中读到，穆罕默德怒气冲冲地指责近卫军首领沙桑，因为他眼瞅着匈牙利人攻入他的队伍，自己却表现得一塌糊涂。沙桑一言不发，举起弯刀独自冲向敌人的先头部队，立刻被碎尸万段，或许这种行为与其说是辩白，不如说是一种思想上的转变；与其说是天性勇敢，不如说是一种突如其来的怨恨。

前一天，你看到一个人那么大胆、那么勇敢，当第二天看到他胆小如鼠时，你千万不要觉得奇怪：愤怒、形势、同伴、美酒或号角声都会使他精神振奋；这种勇气并非出自理性，而是由这些条件偶然促成。因此，当条件截然相反时，他表现出另一副样子也就不足为奇了。

我们身上同时存在着如此明显的易变和矛盾，使得一些人相信人有两个灵魂；另一些人则相信有两种不同的力量总是根据其自身的性质和规律，伴随并引导着我们，一种向善，一种向恶；难以想象如此突兀的变化出自同一个源头。

就我而言，每一次偶然事件不仅会牵动我随波逐流，而且使我因自己看法的变化无常而心烦意乱；凡是仔细观察自己内心的人，都很难发现自己两次处于同样的心态。我根据观察的角度，有时看到灵魂的这一面，有时看到灵魂的那一面。如果我以不同的方式谈论自己，那是因为我以不同的方式看待自己。所有的对立面都可以从这样或那样的角度，以这样或那样的方式发现：羞怯，傲慢；纯洁，淫荡；唠叨，沉默；勤劳，脆弱；机敏，迟钝；忧郁，愉快；虚假，真实；博学，无知；慷慨，贪婪，以及挥霍，依据种种角度，我或多或少在自己身上发现了这一切；任何人将自己细查到底，都会在自己身上，甚至在自己的判断中发现这种无常和冲突。我说不出自己有什么是完整的、单纯的、坚定的，毫无掺杂，毫不混乱，"差异"是我的逻辑中普遍存在的成分。虽然我总是想把好事说成是好事，并且宁愿从最好的意义上来解释这些事；然而我们的处境就是这样奇怪，如果做好事并不仅仅是以意图来判断的话，我们其实往往是受邪恶的驱使而做好事。因此，不能因为一次英勇的行动就断定一个人是勇敢的；如果一个人真的勇敢，那么他在任何时候都会如此。如果勇敢是一种习惯，而不是一时冲动，那么它会使一个人在任何事件中都同样坚定，无论是独自一人还是与人为伴，无论是在单兵作战时还是在大型战役中；因为任凭他们怎么说，都不存在一种勇敢表现在街道上，另一种勇敢表现在战场上；他在床上忍受病痛就像在战场上忍受伤痛一样勇敢，他在自己家里就像在冲锋陷阵时一样舍生忘死。这样，我们就不会看到同一个人在攻城时勇敢而自信，然后又像个女人一样为败诉或孩子夭折而痛苦不堪。

作为一个臭名昭著的懦夫，他在不可避免的贫困中却坚定不移；他一见理发师的剃刀就畏畏缩缩，却无所畏惧地迎向敌人的刀剑。那么，值得称赞的是他的行为，而不是他这个人。

西塞罗说，许多希腊人无法忍受敌人的目光，却在生病的时候无所畏惧；而辛布里人[1]和凯尔特人[2]则恰恰相反；

任何事物缺少坚定的理由就不可能稳定。

——西塞罗

亚历山大的英勇可谓出类拔萃；但仅仅是指这一种英

---

[1] 辛布里人，属于日耳曼部落，起源于斯堪的纳维亚。
[2] 凯尔特人，于罗马帝国时期就存在，是与日耳曼人、斯拉夫人一样的欧洲古老民族，也是现今欧洲的代表民族之一。

勇，既不包括所有方面，也不具有普遍性。尽管这种英勇无与伦比，但仍然存在着一些瑕疵；其中一个很明显的例子是，他常常因为怀疑他的将领们企图谋害他的性命而束手无策，他在那次审讯中表现出如此强烈的愤怒和不公正的态度，害怕得失去了平时的理智。而且，他对所有事情都疑神疑鬼，这让他显得优柔寡断；他对谋杀克利图斯[1]一事的过度忏悔，也证明了他的勇气并不是始终如一的。

正如一个人所说，我们的行为只是诸多零散行为的大杂烩，而我们会以虚假的头衔来求得荣誉。只有以美德为目的，才能遵循美德，如果有人为了别的目的而借用她的面具，就会立刻原形毕露。美德是一剂猛药，一旦被灵魂完全吸收，就会与之相伴，形影不离。因此，要对一个人作出正确的判断，我们必须长期而谨慎地跟随他的踪迹：如果始终如一并非立足于自身的基础之上：

如果他的生活方式经过了深思熟虑和彻底的审视。

——西塞罗

[1] 克利图斯，亚历山大大帝麾下的马其顿将军，绰号为"白发"。

如果事情的变化改变了他的步伐（我的意思是他的道路，因为步伐可能更快或更慢），那就由他去吧；这样的人，正如我们的塔尔博特所说的箴言：只会随风飘摇。

一位古人说，难怪偶然会如此支配我们，因为我们生活在偶然之中。如果一个人没有为自己的人生制订明确的目标，没有在想象中形成完整的图景，那么他就不可能安排零散的行为。对于一个不知道要画什么的人来说，颜色又有什么用呢？没有人为自己的人生设定明确的计划，我们只是一步一步地加以斟酌。弓箭手首先应该知道他的目标是什么，然后调整他的手臂、弓、弦、轴和动作；我们的建议之所以会偏离方向，是因为没有指向明确的目标。如果一个航海的水手无法确定他的航向，那么就算有风也无济于事。任何读了索福克勒斯的哪怕一部悲剧的人，便会反驳他儿子对他没有能力处理家庭事务的指控。

我同样容不得帕罗斯人推测出的结论，他们被派去管理米利都，上岛以后留意哪些土地是耕种得最好的，哪些农舍是管理得最好的，并记下主人们的名字，然后把居民们召集过来，任命这些主人为新的总督和官员；他们断定，对待私事严谨的人，对待公务也会同样严谨。

我们都是由零件组成，隶属于一个变化多端的构造，每一个零件时时刻刻都在发挥作用，我们与自己的差异，就像与其他人的差异一样大：

> 永远像同一个人那样行事是一件了不起的事情。
> ——塞涅卡

因为野心可以教会人勇敢、节制、慷慨，甚至正义；因为贪婪可以让一个在默默无闻、无忧无虑中成长的小伙计爆发出勇气，确信自己能远离避风港，乘坐一叶小舟，任由海浪和愤怒的海神摆布，进而学会小心谨慎；就连爱神也能让棍棒管教下的男孩鼓起勇气、下定决心，将阳刚之气注入那些躺在母亲怀里的少女们的心中：

> 她引领着少女，偷偷从熟睡的卫兵身边经过，
> 在黑暗中独自走向那个青年。
> ——提布卢斯[1]

---

[1] 提布卢斯，古罗马诗人，受亚历山大里亚诗风的影响较明显，诗作语言细腻，对田园风景的描写尤为出色，奥维德曾称赞他的诗歌为"罗马哀歌体诗歌的荣耀"。

仅仅通过我们的外在行为进行判断,并不能充分理解我们;必须透过灵魂,查明是什么弹簧引发了反弹。但这是一项艰巨而危险的任务,我希望尝试的人越少越好。

论三种交往

我们不应过于固守自己的性情和特征；我们最大的本领，是懂得如何投身于不同的活动中。把自己束缚在唯一的道路上，非它不可，这是生存，而非生活；那些最美好的心灵都拥有最灵活善变的本性。描述大加图[1]的一句名言可以为证：

他的一切都是如此灵活，能发挥一切功能，
无论做什么，都可谓生来就有天赋。

——提图斯·李维

如果我能随心所欲地按照自己的方式行事，那么我不会执着于某种优雅的方式不肯放手；生活是一项不均衡、不规则、多样化的运动。不断地被自己牵着鼻子走，固执己见，一意孤行，不肯从套子里挣脱出来，这不是做自己的朋友，更不是做自己的主人，而是做自己的奴隶。我说这些话，是因为在

---

[1] 大加图（公元前234—公元前149年），罗马共和国时期政治家、演说家、第一位重要的拉丁散文作家，先后担任过财务官、营造官、检察官等职，著有《农书》《史源》等图书。

生活的现阶段，我发现自己无法轻易摆脱心灵的纠结，我一旦专注于某件事，就会全身心投入，不能放松下来；无论遇上多么微不足道的问题，也会将其扩大化，以便全力以赴；因此，对我而言，无所事事是一项非常艰难的工作，会对我的健康造成很大的伤害。大多数人需要外部事物使头脑得到活跃和锻炼，我则需要外部事物使头脑得到平静和休息。

要用工作来摆脱懒惰的恶习。

——塞涅卡

因为最主要、最艰苦的研究就是研究自己。对我的头脑来说，读书是一种使自己从研究中脱身出来的活动。一旦有了最初的想法，头脑就开始忙碌起来，从各个方面考验它的活力，发挥它的驾驭能力，时而考验力量，时而以美感和秩序来强化、节制和调整自己。它自有激发自身天赋的机能。大自然像赋予其他头脑那样，赋予我的头脑足够的材料供其选用，以及足够的主题供其创造和判断。

对善于自省、努力进取的人来说，思索是一种全面而有效的学习；我宁愿塑造我的心灵，而不愿填充它。根据一个人的心灵来活跃其思想，这比什么工作都更省力或更费力；最伟大的人都以此作为自己的全部事业：

对于他们，活着就是为了思考。

——西塞罗

因此，大自然赋予思考这样的特权，即没有什么事情我们能做得这么久，也没有什么行为能让我们更频繁、更轻易地沉溺于其中。亚里士多德说："这是诸神的事情，他们的幸福和我们的幸福都来源于此。"

对我来说，读书最大的作用，就是通过不同的对象唤醒我的思考，发挥我的判断，而非记忆。那些缺乏力量和生气的谈话很难让我保持兴趣；的确，语言的优美对我的吸引，不亚于主题的厚重与深邃；由于我对其他的交流都容易昏昏欲睡、心不在焉，因此，遇到这种无聊又乏味的交谈，我常常要么作出无精打采、毫无意义的应答，说话荒谬得还不如个孩子，要么执意地沉默不语，显得更加愚蠢无礼。我有一种使自己陷入沉思的方式，还有一种对许多日常事物充满好奇的无知，正是出于这两种品质，人们可能真的把五六个关于我的荒唐故事当成了其他什么人的了。

但还是言归正传吧，我这种喜欢漫无边际闲聊的性格使我在与人交往时必须有目的地挑选对象，无法适应普通社会。我们生活在人群中，与他们打交道；如果我们厌烦跟他们交谈，如果我们不屑于适应平庸的心灵（平庸的心灵往往与高雅的心灵一样有其规则，而且如果不能包容大众的无知，任何智慧都显得很愚蠢），那么无论是别人的事情还是自己的事情，我们都不应再插手，因为处理公事和处理私事都与这些人有关。让心灵最放松、最自然的行为是最美的行为；压力最小的工作是最好的工作。我的上帝！如果智慧能让人根据能力决定欲望，那可真是好事一桩！没有什么道理比这更有助益了。"量力而行"是苏格拉底最爱说的一句话，堪称至理名言。

我们应该控制和调整我们的欲望，将其引向最近、最容易得到的事物上。我的命运与上千人联系在一起，没有他们我就难以生存，而我却远离他们，去依附于一两个我不可企及的人，或甚至对无法得到的东西产生异想天开的欲望，这难道不是一种愚蠢的性情吗？我举止温文尔雅，与一切尖酸刻薄为敌，这或许让我很容易免受嫉妒和仇恨；且不说被人爱，至少从来没人比我少遭恨；但我言谈间的冷漠，理所当然地剥夺了许多人对我的善意，他们从另一种更坏的意义上理解我的话也是情有可原。

我很善于建立和维系珍贵而极致的友谊，因为我对于情投意合的友人比较珍视，会非常热情地结交他们，因此很容易产生依赖，同时给对方留下印象；我经常有这种愉快的体验。而对于泛泛之交，我则有点冷淡和腼腆，因为若不能全心全意，我的举止就会不自然。况且年轻的时候，命运让我享受到了一段无与伦比的完美友谊。说真的，这让我对其他人产生了排斥，就像我深深铭记的那位古人之言：友谊是与一人为伴，而非与众人合群。而且，我天生就不会说话，经常藏着掖着，在众多交情一般的人面前曲意逢迎、谨慎戒备——如今，我们尤其会被叮嘱，要想谈论世事不得罪人，就必须说假话。

然而，我清楚地认识到，像我这样以生活便利（我指的是必不可少的便利）为目标的人，应该像躲避瘟疫一样躲避这些麻烦又棘手的性情。我要赞扬多样化的心灵，能屈能伸，随遇而安，能和邻居谈论他的房子、他的狩猎活动、他与人发生的争吵，还能和木匠或园丁愉快地聊天。我羡慕那些能与卑微的侍从亲近，按照他们的方式与之交谈的人。我不喜欢柏拉图的忠告——对仆人，无论男女，应该始终以权威的口吻说话，不得开玩笑，不得亲近——因为除了我上述的理由之外，将命运赋予的这种不值一提的特权看得如此重要，是不人道和不公正的。在我看来，尽量拉近主仆之间距离的政策才是最合理的。其他人试图拔高和提升自己的思想，我则试图压制和放低自己的思想；张扬只会带来危险：

> 你向我们大谈埃阿科斯[1]家族，
> 以及特洛伊城下的战争，
> 但一桶希俄斯岛[2]的葡萄酒价值多少，
> 由谁来准备洗澡的热水，
> 什么时候我能在谁家躲避佩里涅的寒冷，
> 你却没有告诉我们。
>
> ——贺拉斯

因此，斯巴达人的英勇需要节制，需要悦耳和谐的笛声使其在战场上平和下来，以免他们行事过于鲁莽和狂暴，而其他民族普遍使用尖厉刺耳的声音和嘹亮高亢的呐喊，将士兵的勇气激发到极致。因此，我认为，与通常的做法相反，在思考时，我们更需要的是铅，而非翅膀；更需要的是克制和沉着，而非狂热和激动。在不懂的人中间装模作样，摆出一副高深莫

---

[1] 埃阿科斯，古希腊神话中的英雄人物，宙斯与河流神女埃吉娜之子，以公正著称。
[2] 希俄斯岛，希腊希俄斯州的岛屿，盛产葡萄酒。

测的姿态，我觉得这简直愚不可及，按照书上的说法，这是：在叉子尖上说话（装腔作势）。

在交谈对象面前，你必须放下架子，有时还要装作无知。在日常交往中把力量和精明都搁置一旁，只要保持礼貌和规矩就足够了——不，如果他们愿意的话，你就匍匐到地上吧。

学识渊博的人常常在这块石头上绊倒；他们总是炫耀自己满腹经纶，到处宣传他们的著作；如今，贵妇们的闺阁里、耳朵里满是他们的言论，她们即使把握不了实质，至少还能记住那些话语；因此，在关于各种主题的所有论述中——无论是多么平庸、多么普通的主题，她们都采取一种新颖的、学究式的口吻和笔法：

> 她们用这套语言表达恐惧、愤怒、欢乐和忧虑，
> 并以此倾吐她们所有的秘密；除此之外呢？
> 她们与情人睡在一起时也是一副学究派头。
> ——尤维纳利斯

对于谁都能确定的事，她们也要引用柏拉图和阿奎那的话；学问没能渗透她们的心灵，仍然停留在舌头上。

如果上流人士愿意相信我的话，她们只要展现自己真正

的天资就足够了;她们用不属于自己的美来掩盖自己的美。以借来的光彩取代自身的光辉,这太愚蠢了。她们被包裹在伪装之下。

从头到脚都涂抹了脂粉,她们就像被小心存放在化妆盒里似的。

——塞涅卡

这是因为她们没有充分地了解自己,没有合理地对待自己:世上没有什么比她们更美了;只有她们才能为艺术增光,为作品添彩。除了生活在爱慕与尊敬之中,她们还需要什么呢?这方面,她们拥有的、知道的都太多了,她们只需稍微唤醒和激发自身的天赋就可以了。当我看到她们摆弄修辞、法律、逻辑以及其他对她们无益又无用的"毒药"时,我不禁怀疑那些鼓动她们这样做的人,或许是为了借此来控制她们。因为,我还能想出什么理由呢?无需我们的指点,她们自己就足以将眼中的优雅化为欢乐、严肃与甜蜜,在拒绝时掺入严厉、疑虑或偏袒。她们不需要别人来解释我们对她们的回应。有了这些知识,她们就可以手执教鞭发号施令,操控导师和学院。但无论如何,倘若她们事事都不愿交托给我们,并且出于求知欲想要分享书本知识，那么诗歌便是合适她们的一种消遣。这是一门肆意的、巧妙的、遮遮掩掩又夸夸其谈的艺术，极尽娱乐，充分展现，正如她们自己一样。她们还可以从历史中汲取一些有用的东西。在哲学方面——关于道德的那部分，她们可以选择一些指导性内容，学习判断我们男人的性情和状态，保护自己免遭我们的背叛，控制自己的欲望冲动，利用自己的自由，让生活中的乐趣持续得更久，平静地看待情人的善变、丈夫的粗鲁，以及岁月、皱纹等的困扰。这是我在学术领域能为她们指出的最大范畴。

有些人性格孤僻，独来独往，离群索居；我的本性则适合交往，容易敞开心扉。我的一切都表现在外，生来就乐于交流。我钟爱并宣扬独处，主要不过是把思想和感情收回到自己身上，约束和控制的不是我的步伐，而是自己的忧虑和欲望，两耳不闻窗外事，彻底回避差事和义务，要躲的不是人群，而是事务纷扰。说实话，闭门独处反而让我心胸更宽广，眼界更开阔；当我独自一人时，更愿意关注国内和国际事务。在卢浮宫和宫廷的喧嚣中，我缩在自己的壳里；人群让我压抑，在隆重和讲究礼节的拘谨场合，我尤其会肆意放纵地自娱自乐。让我发笑的不是我们的愚蠢，而是我们的智慧。我本性上并不仇视宫廷生活，我曾在那里度过一段时光，也乐于同大人物来往，只要偶尔为之，并且在适合我的时间。但我所说的那种热衷择友的做法令我必然乐于独处。在人丁兴旺、门庭若市的大家庭中，我确实可以见到不少人，但能让我一见到便乐意交谈的人还是很少。在家里，我为自己和他人都保留了一份独特的自由，没有繁文缛节，没有迎来送往，也没有我们的礼仪所规定的此类细枝末节（唉，卑躬屈膝的烦人习俗！）。在那里，各人按自己的方式生活，谁想说什么就说什么，我则关在自己的房间里静坐沉思，也不会得罪我的客人。

那些我渴望与之交往、亲近的人，都是被称为真诚和能干的人；他们给我的印象使我对其他人不屑一顾。要知道，他们的处世方式在我们之中最为难得，我们主要将其归功于天性。这种交往的目的，只是为了私下相处，常来常往，谈天说地，分享快乐，除此以外别无其他。在我们的谈话中，所有主题对我来说都是一样的，不需要分量，也不需要深度，全部一视同仁，但也谈得优雅得体；其中总能带有成熟和坚定的判断，包含着善意、直率、愉快和友好。不仅在谈论朝廷内务和国家大事时，我们的智慧能展现出力量和美感，在私下交谈中同样如此。甚至通过他们的沉默和微笑，我也能理解他们；也许，在餐桌上比在会议上更能了解他们。希波马库斯说得好："根据角斗士在街上走路的样子，就能分辨出谁更优秀。"如果交谈中提到了学术，我们不会回避，也不会像通常那样高高在上、盛气凌人、不依不饶，而是变得一唱一和、言笑晏晏。我们只是以此消磨时光而已，当我们想要接受指导和教诲时，自会到学术机构去寻找；暂且请它屈尊于我们吧，因为，尽管它有用且有益，但我认为，必要时，没有它我们也能解决问题，无需借助于它也能做我们的事。天生具有尊贵的心灵，善于与人交谈，这本身就足够讨人喜欢了；艺术只不过是这些心灵产物的反映和记录而已。

与美丽尊贵的女子交谈于我也是一大乐事：

因为我们也有一双慧眼。

——西塞罗

如果说心灵的享受不如第一种交往那么多，而其中参与更多的身体感官则带来了类似的享受，虽然在我看来，两者依然不可同日而语。但这种交往必须时时警惕，尤其对于像我这样容易冲动的人。年轻时，我曾被情火灼伤，遭受了诗人笔下为爱情神魂颠倒的人所陷入的一切痛苦。的确，那次鞭笞使我之后变得更聪明了：

> 躲过了卡法雷礁石的希腊船队，
> 总会小心地远离埃维厄岛的水域。
>
> ——奥维德

在这件事上投入全部心思，怀着激烈而草率的感情沉溺其中，这是愚蠢的做法。但是另一方面，如果没有感情，没有意愿，像演员一样扮演一个普通角色，只是嘴上说说，不加入任何个人色彩，这确实能万无一失，但也如因害怕风险而放弃荣誉、利益或快乐一样，是懦夫所为。因为实施这种行为的人必定不可能给高尚的心灵带来喜悦和满足。对真心实意想要得到的快乐，必须有真心实意的渴望；我要说的是，虽然命运常常不公正地偏爱虚伪的感情，因为任何女性，哪怕长得像魔鬼一样丑陋，也不会认为自己不值得被爱，不会不以自己的青春年少、头发颜色、优雅举止作为资本（因为世上罕有彻头彻尾的丑女，也正如罕有彻头彻尾的美女一样，就连没有其他诱人之处的婆罗门处女，也会来到市场上，面对大呼小叫聚集起来的人群，将自己的私处暴露在众人眼前，看看这样是否至少足以让她们得到一个丈夫）。因此，一听到男人的海誓山盟，没有哪个女人不被轻易征服。如今，男人有背叛行为已经不足为奇，这必然导致我们会看到这样的事实：她们要么团结起来，为了躲避我们而将自己隔离开，要么效仿我们给她们做出的榜样，扮演剧中角色，没有激情、没有关怀、没有爱意地投身于这场游戏之中。

自己不动感情，也不为他人的感情所动。
——塔西佗[1]

她们根据柏拉图笔下吕西亚斯[2]的说法，相信我们越是不爱她们，她们越是可以从实用和功利的角度委身于我们；这就如同观众从戏剧中得到的乐趣不亚于演员。就我而言，我认为没有丘比特就没有维纳斯，没有孩子就没有母亲：他们是相辅相成、相互依存的。因此，骗人者会自讨苦吃；他没有付出多大的代价，但事实上也不会得到什么。将维纳斯尊为女神的人，看到她的美主要是无形的、精神的；但这些人所寻求的美

---

[1] 塔西佗（约55—120年），罗马帝国时期著名的历史学家、文学家和演说家，文风简练有力、典雅别致。
[2] 吕西亚斯（公元前445—公元前380年），古希腊雅典城邦的演说家之一。

既不算是人性的，甚至也不是兽性的；连野兽都受不了如此的粗鄙低俗。我们看到，想象和欲望往往会先于肉体煽动和刺激动物；我们看到，无论是雄性还是雌性，在群体中也会有所选择、有所钟情，彼此长期保持友好相处。即使是那些年迈而无法满足欲望的动物，仍然会为爱情颤抖、嘶鸣、嗯啾。我们看到它们在交配前满怀希望和热情，完成交配后还用甜蜜的回忆来愉悦自己；它们有的为自己的表现而骄傲，有的疲惫而又心满意足，还要高唱凯歌。只想释放肉体本能需求的人，就不必以如此不同寻常的准备来麻烦别人了：它可填不饱粗鄙庸俗的胃口。

作为一个不愿被高估的人，我要在这里谈谈自己年轻时的错误。我很少与风尘女子来往，不仅是因为这样做有害健康（但我还是不够小心，曾有两次轻微感染），更多的是出于鄙视。我想以困难、欲望和某种荣耀来提高快感，就像提比略那样。在情爱方面，将庄重和出身视为与其他任何品质一样重要，还像妓女弗罗拉那样，从不委身于地位低于独裁者、执政官或监察官的男人，并以情人的尊贵身份为荣。毫无疑问，珍珠和锦缎，头衔和排场，都是锦上添花。

我非常重视智慧，但前提是肉体不能被排除在外。因为坦白说，如果这两种魅力必须二选一，那我宁愿放弃精神美，因为它另有用武之地；但爱情主要与视觉和触觉有关，缺少精神的优雅并不碍事，缺少肉体的优雅则一事无成。美是女人真正的优势，为她们所独有。虽然我们的美另有标准，但只有在年轻时，其光彩才能与她们相媲美。据说，以美貌侍奉土耳其国王的人不计其数，她们最迟在22岁就会被开除。理性、谨慎和重友谊在男人身上体现得更为明显，因此天下大事都由他们来掌管。

这两种交往都是偶然发生的，取决于他人；一种因难得而令人烦恼，另一种因岁月而衰败，因此它们无法满足我一生的追求。

第三种交往是与书籍打交道，更可靠，也更取决于自己。它缺少前两种交往的其他优势，但它所提供的自有其稳定性和便利性。它伴随我的一生，处处给我帮助。它在我年迈孤独时给我安慰；它在我无所事事时减轻沉闷感，使我时时刻刻远离讨厌的同伴；它缓解我的悲伤，只要这些悲伤没有达到极点，也没有完全占据我的心灵。为了摆脱某种烦人的念头，我必须求助于书籍，因为它们立刻就能吸引我，把其他想法驱出我的脑海。而且，我只在缺少更真实、更自然、更生动的消遣方式时才求助于它们，它们也不会因此背叛我，总是以同样的善意对待我。

俗话说，牵马在手路好走。那不勒斯和西西里国王詹姆斯是个英俊、年轻、健康的人，巡游时却让人用担架抬着，躺在一张粗糙的床垫上，穿一件破旧的灰布长袍，戴一顶破旧的灰布帽子，然而随行的是一支皇家队列，各种各样的轿子和马匹，还有贵族和军官，这使国王的意图显得脆弱而不稳定。"有望治愈的病人无需怜悯。"这句格言很有道理，在与之相关的经验和实践中，包含了我从书籍中获得的所有好处。事实上，比之于对书籍一无所知的人，我对书籍的利用并不会更多。我享受书籍，如同守财奴享受金钱一样，因为我知道我可以随心所欲地享受它们：这种占有权让我心满意足。

无论是在和平时期还是在战争时期，我旅行时从来不会不带书，但有时好几天、好几个月都不看它们一眼。我对自己说，我迟早会看书的，或者是明天，或者是我愿意的时候；时间就这样悄悄溜走，我也不会感到为难。因为只要想到它们就在我身边，可以随时给我带来乐趣，想到它们如何滋养了我的生活，我就感到说不出的自得其乐、心满意足。这是我在人生旅途中找到的最好的食粮，我非常同情那些缺少这种食粮的聪明人。我之所以容得下其他形式的消遣，无论多么肤浅，是因为书籍永远不会让我失望。

居家时，我更多地待在书房里，这样就可以立刻忽略所有的家务烦恼。书房位于家宅的入口处，从那里可以俯瞰我的花园、庭院、后院，以及几乎整个建筑。在那里，我翻翻这本书，看看那本书，不限主题，毫无条理和目的。我时而沉思，时而一边来回踱步，一边记录和口述我在此呈现的这些随感。

书房设在塔楼的第三层，一楼是我的礼拜堂；二楼是一个带休息室和壁橱的房间，我经常躲在那里以求清静；顶楼是一间大藏衣室。从前这里是宅子中最无用的地方。我在那里度过了生命中的大部分日子，以及那些日子中的大部分时光。我从不在那里过夜。书房旁边是一间相当漂亮的小屋，里面有一个精心设计的壁炉，光线充足。如果我不怕麻烦和花销的话——怕麻烦使我什么都不想做——我完全可以在两边都接上一条长一百步、宽十二步的走廊，与房间地面平齐，因为墙壁已经为其他设计砌到了所需高度。所有隐居处都要可供漫步，如果我坐着不动，我的思想将沉睡；如果我的双腿不走动，我的想象将停滞。所有不靠书本做研究的人都会陷入这样的状态。

我的书房是圆形的,只有放置桌椅的地方才是平面的墙壁,因此,其余的弧度使我对周围五排架子上的书籍一览无余。书房三面都可看到开阔的美景,内部空间直径有十六步。冬天我不常待在那里,因为顾名思义,我的房子建在一座山丘上,而这间书房最易受到寒风的入侵。我倒是喜欢它的进出不便、位置偏僻,从做事和远离人群的角度来说都有好处。

书房就是我的王国,在那里我拥有绝对的主权,让这一隅与婚姻关系、父子关系、亲友关系隔绝开来。在其他地方,我只有口头上的权威,其实并不明确。在我看来,有的人很可怜,在家里由不得自己,无法自由享乐,没有藏身之地。野心勃勃的人总要忍受抛头露面的煎熬,就像广场上的雕像一样:

腰缠万贯就是画地为牢。

——塞涅卡

他们就连在厕所里都没有隐私。根据我对僧侣清修生活的观察,我认为其中最难熬的莫过于要按照规定长期群居,无论做什么都要当着众人的面。我觉得,永远孤独比永无孤独更容易忍受。

如果有人对我说,单纯为了娱乐和消磨时间而利用缪斯，就是对缪斯的轻慢，那么我会对他说，他不像我那么了解游戏、娱乐和消遣的价值；我不禁要加上一句，其他一切目的都是可笑的。我日复一日地活着，而且恕我直言，我只为自己而活；这就是我的全部目的。年轻时，我学习是为了炫耀；后来，是为了让自己聪明一点；现在是为了消遣，但决不是为了谋利。我曾对这类家具（书籍）有一种虚荣和挥霍的兴致，不仅是为了满足自己所需，更多的是为了装饰和炫耀，后来我彻底戒掉了这个毛病。

如果善于选择，书籍有许多迷人的品质；但是好东西也有其缺点。读书与其他娱乐一样，带来的乐趣并不是完全的、纯粹的。它也有它的不便之处，而且是很大的不便。读书时，心灵确实得到了充实，但身体——我不能忽视对它的照顾——却静止不动，变得沉重而萎靡。我知道，在这垂暮之年，没有什么是比这更有害、更应避免的了。

这三种就是我非常喜爱和重要的交往；那些因公务而与外界的交往，我就不谈了。

论悔恨

其他人评判人，我只描述人：一个尚存瑕疵，独一无二的人。如果我要重新塑造他，必定会塑造一个完全不同的人，但那已经无法改变了。虽然我描述的特征始终改变，但是并没有什么不同。世界永远在转动。地球、高加索山脉和埃及的金字塔，既公转也自转。恒常本身也并非恒常，而是一种缓慢而不太显眼的运动。

我不能固定不动，总是因为天生的眩晕而摇摇欲坠。当我注意到它时，它就是这样的。我不描绘它的存在，而是描绘它的过程。不是时代发展的过程，如人们所说的那样，每七年一期，而是从一天到另一天，从一分钟到另一分钟。我必须使我的经历适应时间，我现在不仅可以改变命运，而且可以改变意图。这对应着各种变化无常、犹豫不定乃至互相矛盾。无论是另一个自我，还是从另一个角度观察，我可能会反驳自己，但是正如迪马德斯所说，我从不反驳真相。如果我的灵魂能站稳脚跟，我将不会试探，而是下定决心：但它总是在学习和尝试。

我提议过一种平凡无奇的生活。所有的道德哲学既包含于丰富多彩的生活中,也包含于普通的家居生活中。每个人都具备所有人类的所有状态。写作者通过某种特殊的、外在的符号与人交流。我,以全然的状态出现的米歇尔·德·蒙田,而非一个语法学家、诗人或律师。如果全世界都指责我总是谈论自己,那么我将指责他们过于无私。

但是,我的生活方式如此特别,又要假装向公众宣扬自己,这有道理吗?在这个世界上,信誉和权威被粉饰和遮掩,我却建议人们保持本性的自然简单,的确应当如此吗?写书而缺乏学问和艺术造诣,不就好比建一堵墙而不用石头和砖块吗?音乐的幻想通过艺术来实现,我的幻想则是天命使然。

我至少有这样一种信念,那就是:对我所从事的工作,没有任何人比我更懂得、更了解我。在这方面,我是世间最懂得道理的人。其次,从来没有人深入研究自己的问题,没有更好、更清楚地研究过它的细枝末节,没有更准确、更充分地设想最终的结果。要使工作完美,我只需要对实情忠诚。实情是最纯洁、最真诚的东西。我所谓的实情,不是我想说的那么多,而是我敢说的那么多。随着年龄的增长,我就更加大胆了一些。因为习俗允许年长之人更自由地闲扯,也能更轻率地谈论自己。

我在其他地方经常看到作品与作者之间充满极大的反差：一个谈吐如此高雅的人，怎么能写出如此愚蠢的书呢？或者如此博学的作品竟然出自不善言谈的人之手！一个人的言谈平庸，作品却十分高雅，这只能说，他的才能是借来的，而非他本身具有的。博学之人不是事事皆知，自满之人则处处自满，即便在他无知时亦是如此。在这里，我和我的书携手并进。在其他书里，人们可以赞扬或批评书的内容，却不评价作者。在这里却不能这样，评论了一个，就评论了另一个。凡没有认识这一点，就妄加评断，对自己的伤害比对我的伤害更大。凡是有此种认识的人，就能使我完全满足。如果我在这点上得到公众的赞许，使有见识的人认识到——如果我有学问，可以从中获益，我应该得到更好的记忆的帮助，那么我将得到超凡的幸福。

请原谅我经常重复的那句话：我很少悔改，我的良心感到满足，不是天使的良心，也不是马的良心，而是人的良心。我总要加上这句话，不是出于礼节，而是真心实意的谦虚。我之所以这样说，是出于询问和怀疑，从纯粹公众的信念中得出解决问题的办法。我不教育，我只叙述。

没有一种罪恶是不造成伤害的，且无不遭到正义的指控。因为它的畸形和丑恶如此明显，以至于说恶行主要是由愚蠢和无知的人做出的，也有道理。很难想象有人明知恶行而不厌恶它。恶意之人吸收了体内最多的毒液，毒死了自己。罪恶给灵魂留下了悔恨，就像给肉体留下了溃疡，总是引起抓挠和撕裂。因为理性会抹去所有悲伤和苦痛，但会带来悔恨。悔恨从内心涌出，因而更加令人痛苦。犹如发烧时感到的冷和热，比皮肤感到外界的冷和热更剧烈。我所认为的罪恶（但各有判断的标准），不仅是理性和自然所谴责的，也包括人们的偏见造成的。这些尽管是错误和毫无依据的，但业已为法律和习俗所允许。

同样，没有一种美德不使天性善良之人感到欣喜。行善使我们内心感到满足，还有一种伴随良知而来的慷慨自豪。一个胆大妄为的恶毒之人，也许可以逃脱罪责，但永远无法感到内心平和。一个人自认为能够免于被时代中的堕落侵害，就可以对自己说："凡是深入我的灵魂之人，不会发现我犯下任何罪行，既未造成痛苦和毁灭，也没有报复和嫉妒；既未公然违反法律，也没有标新立异，扰乱秩序。虽然时代允许我胡作非为，但我没有掠夺任何法国人的物品，也没有抢走他的钱财。

不论在战时还是和平年代，我都自力更生，不曾叫人做工而不付报酬。"这些问心无愧的证言令人愉悦，这种自然的喜悦对人大有助益，是唯一能不让我们失落的奖赏。

认为善行的回报应是别人的赞许，这种期望太不确定，也不安全。尤其是在一个腐败和无知的时代，庸俗的善意是有害的。谁能告诉你什么是值得称赞的呢？据我每天所见的关于荣誉的描述以及获得荣誉之人，上帝保佑我不要成为这样的善人。

从前的恶习现在成了美德。

——塞涅卡

有时，我的一些朋友或出于自愿，或出于我的恳求，以极大的真诚和坦率教训我，责备我。对一个头脑清醒的人来说，这不仅更实用，而且更仁慈，超过所有友谊。我总是张开双臂，以最热烈的真情迎接他们的责备。但说实话，我常常在这些责备和赞扬中发现许多错误的标准，以至于我宁可犯错，也不愿按照他们的想法做好事。

我们这些人，过着私密的生活，除了自己的观点之外，不受任何观点的影响；因此更应当在心中确定一个准则，以此约束我们的行动，并据此鼓励或纠正自己。我有自己的法律和法庭进行审判，无需其他规则。我确实根据别人的看法来约束自己的行为，但以我的规则来展开行动。只有你自己知道，你是懦弱还是残忍，是忠实还是虔诚。别人看不到你，只能靠不确定的臆想来猜测。他们只看到你的表象，而非你的本性。因此，不要看重他们的意见，而要坚持自己的判断。

你必须运用自己的判断。在发现善与恶的过程中，你的良心分量巨大。失去良心，一切便都失去了。

——西塞罗

有句话说："罪后立即悔改。"这似乎所指的并非为人熟知、根深蒂固的罪过。一个人可以否认和收回那些无意中犯下的，或因冲动导致的罪行；但是那些根植于心中的执念为之的罪行，就没有什么可说的了。悔改是对意志的放弃，是对幻想的抗拒，也正是这些幻想引导我们走上了歧路。悔恨使人否认他过去的美德和自制力：

为什么当我年轻时，与现今的想法不同？
为什么我的脸颊，无法恢复当初的红润？

——贺拉斯

这是一种严格的生活，在内心之中秩序井然。每个人都扮演着自己的角色，在舞台上做一个诚实的人。但在他的内心深处，一切都可由意志支配，却能遵守秩序，这才是关键。下一个特别之处是在他的家庭中，在日常起居中仍然如此。我们对此不向任何人负责，无需学习也不用矫饰。

因此，贝亚斯描述了一个美好的家庭生活状态，他说："家庭的主人，在外面鉴于法律管束和他人评论时应当怎样做，在家里应当同样如此。"朱利乌斯·德吕舒斯也说过一句很有价值的话。他找来的泥瓦匠出价三千克朗，想要把他的房子修建得让邻居再也无法看到房间内部。"我给你六千克朗，"他说，"让每个人都能看到每个房间。"

还有关于阿盖西劳斯的光荣记载。他在旅途中总是在寺庙里借宿，以便让民众和神一窥他私下里的行为。这样的人为全世界所尊重，但是他的妻子和仆人却从未在他身上看到过非凡之处——很少有人被佣人敬仰。历史的经验告诉我们，从来没有人在自己的家乡成为先知，哪怕在微不足道的小事上也是如此，因此可以以小见大。

在我的家乡加斯科尼，他们看到我的作品被印刷出来，都感到十分滑稽。离家越远，我就越受尊敬。我在吉耶讷要自费出钱印书，在其他地方印刷商付钱给我出书。过隐居生活需以此作为基础，在死后留下一个好名声。我宁愿得到的东西少些，只求应得的那份收益，不愿为此而抛头露面。当我离开时，我将放弃所有。看到被人们簇拥着的国家官员，在掌声中来到门口。他们脱去华美的官服时，当初地位越高的，如今就跌得越狠。在他的家庭里一切都是混乱不堪的，尽管应当有秩序，但是需要明智且敏锐的判断力，从平凡的行动中加以察觉。攻入一座要塞，管理一个使团，治理一方民众，都是有名望的行为。谴责与欢笑，出卖与报酬，爱与恨，与家人和自己温和宁静地交谈，不懈怠，不自我欺骗，这些更难得，更不引人注目。

不管怎么说，过隐居生活要同样承担巨大乃至更大的困难。亚里士多德说，平民施行美德，比当权者更辛苦、更崇高。我们准备征战沙场，更多的是出于荣耀，而不是出于良心。达到荣耀的捷径，就是为良心而做我们愿意为荣耀而做的事。在我看来，亚历山大在伟大的舞台上展现的美德，远不如苏格拉底在卑微的工作中表现的那样有力。我可以很容易地想象苏格拉底处于亚历山大的地位，但无法想象亚历山大处于苏格拉底的地位。如果有谁问亚历山大能做什么，他会说："征服世界。"而问苏格拉底同样的问题，他会说："使人的生命符合自然。"这是更普遍、更有分量、更合理的学问。灵魂的美德不在于飞得多高，而在于有条不紊。

灵魂的伟大并不体现在伟大中，而是体现在平庸中。正如那些通过内心来审判和考验我们的人，并不看重我们在公开行动中的动人光彩，认为这是从泥泞海底涌出的几条清泉。同样，那些以英勇的外表来评判我们的人，也以相似的方式评判我们的内心。但他们无法通过普通的才情理解惊彩绝艳，他们彼此相距太过遥远。

因此，我们将魔鬼描述得野蛮而奇特。谁能不把帖木儿的形象，说成是大眉毛、宽鼻孔、面目狰狞而身材巨大呢？如果以前有人带我去见伊拉斯谟，我几乎很难不认为他对男仆和妻子说的都是格言和警句。我们更容易根据工匠或者他的妻子来进行想象，而不是臆想一位受人尊敬的法官。法官端坐在高级法庭上，让我们难以想象他们自甘堕落。正如邪恶之人偶尔会心血来潮去做好事，善良之人也可能会因一时冲动去做坏事。因此，无论什么时候，都要根据他们通常的状态来判断，至少与自然状态接近。教育能对自然的倾向提供帮助和改进，但无法改变和消除。在我所处的时代，成千上万个人通过完全相反的教育，走上充满美德或邪恶的道路。

> 当野兽被关在笼子里，
> 不习惯在树林里生活，
> 它们就变得温顺，
> 放下凶恶的外表，服从人类的统治；
> 它们口中若再有一点血的味道，怒气就回来了，
> 它们的口因渴望血而竖立，
> 它们的怒气几乎不离战战兢兢的主人。
>
> ——卢卡努斯[1]

这些本性是无法根除的，只能被遮盖和隐藏。拉丁语对我来说倒像是母语，我比法语更懂它。但这四十年来，我既不习惯讲，也不习惯写。除非在我一生中仅有的两三次陷入意外的危急时，例如有一次看到我的父亲好端端地昏倒在我身上，我总是从心底用拉丁语喊出第一句话。本性即便沉寂了许久，也会突破习惯表达出来，这样的例子还有很多。

---

1 卢卡努斯，古罗马诗人，他的作品中只有史诗《法尔萨利亚》（又称《内战记》，共10卷，未完稿）传世。该书语言简练，修辞色彩浓厚；也因其诗作中包含有共和思想，在法国18世纪资产阶级革命时期大受欢迎。

在我这个时代，有人试图用新的观点纠正世界的风气，却只是革除了表面上的恶习。那些本质上的恶习，即便没有得到加强，起码保持了原样。加强的确是令人恐惧的，于是我们推迟其他的善行，因为这些肤浅的改革代价更低，更引人注目。只用这些廉价的行为，就能弥补同生共死的恶习。

只需从我们的经验就可看出，如果一个人愿意倾听自己，就不难发现心中有一种占支配地位的性格，会阻碍他的教育，抗拒与之相反的激情。就我而言，我发现自己很少因惊愕而激动，情绪总是保持平和，就像笨重的身躯一样。如果我失了态，也不会太过分。偶尔放荡，也不是太逾矩。行为不极端也不奇怪，常常进行深刻和有力的反省。

真正的谴责应当涉及人们的普遍做法，他们的隐退生活本身充满了污秽和腐败；他们的悔改是病态和错误的，和他们所犯的罪行一样。有些人，无论是处于自然的本性，还是与恶行相处日久，已经无法察觉它的丑恶。另一些人（包括我在内）确实感到了罪恶的沉重，但选择用快乐或其他方式来抵消，付出一定的代价以卑微、罪恶地忍受痛苦。然而，正如我们所说的功利一样，快乐可以用来治愈罪恶，这是如此不成比例。不论是偶然的，还是出于罪恶心思的行为，例如偷窃或是纵情于美色的乐趣,这种诱惑是强烈的,甚至据说是无法克服的。

前几天,我在雅马邑的一位亲戚的领地上看见了一个农民,大家都叫他"小偷"。他如此描述自己的身世:他生来就是乞丐,发现靠辛苦劳作无法摆脱贫困,于是决定去当小偷。他靠体力盗窃,安然度过了整个青年时期。因为他总是在别人的地里盗窃庄稼和葡萄,但路途远、数量大,谁都想象不出一个人如何能在一夜之间用肩膀扛走那么多东西。此外,他还谨慎而平均地分配因自己造成的损失,使每个人的损失都不会太严重。

现在他已经老了,对于他这样的人来说,他已经很富有了,他公开承认这要归功于他的盗窃。他说,为了得到上帝的原谅,他每天都通过做好事来补偿他盗窃过的那些人的后代,如果他没有完成(因为他不可能一次全部做完),他就会把其余的交给继承人来负责,根据他所知道的各人损失进行补偿。从这番不知真假的叙述来看,这个人认为盗窃是一种不诚实的行为,并且恨它,但比不上对贫困的恨,只是悔恨而已;然而他已经作出如此程度的补偿,也就不悔恨了。这不是习惯使我们与罪恶融为一体,甚至使理解力本身也符合罪恶;也不是冲动的旋风带来纷扰，蒙蔽了我们的心灵，一时让我们的判断力和一切都陷入罪恶的力量之中。

我习惯于把事情做得彻彻底底；我很少有什么行动需要隐瞒和回避理性，只有经过全部官能的同意才会进行下去，不会引起分裂或内乱；被夸被骂都要由判断来承担，一旦被骂就会永远被骂，因为我的判断几乎从小就没变过，同样的倾向，同样的路线，同样的力量；对于普遍性观点，我从小就执着于我决心坚持的立场。

有些罪恶来得猛烈、急促又突然，让我们将其搁置一旁。但有些罪恶反复出现，有意识，有预谋，其中无论是出于本性的罪恶，还是出于信仰和使命的罪恶，我都无法想象若非持续拥有这样的理性和信念，它们又如何在罪恶者的决心中驻扎得那么久；而他自诩突然间被激发出的悔改之心，对我来说很难想象也很难形成。我不赞同毕达哥拉斯学派的观点，"当人们走近神像以接受神谕时，会换上一个新的灵魂"，除非他的意思是，此时必须暂且借来一个新的灵魂；我们自己的灵魂肮脏污秽，不适合这样的场合。

他们的行为与斯多葛学派的要求完全相反，斯多葛学派确实命令我们改正已认识到的缺陷和罪恶，但禁止我们因此打扰灵魂的安宁；而毕达哥拉斯学派使我们相信他们心中怀有巨大的悲痛和悔恨，但丝毫没有痛改前非、弃恶从善的迹象。疾病若不根除，就无法治愈；悔恨若放在天平上，罪恶就会被压下来。我发现，如果人们的举止和生活并不符合信仰，那么没有什么品质比虔诚更容易伪装；虔诚的本质深奥而神秘，外表简单而浮夸。

就我自己而言，我大体上可能希望自己成为另一个人；我也可能谴责和厌恶我的全部，祈求全能的上帝给我来一场彻底的改造，并请他赦免我天生的缺陷。但我认为，我不应该将这种心愿称为悔恨，正如我不应该因为自己不是天神或加图而感到不满。我的行为是有规律的，符合我的本性和状况；我不能做得更好了；对于力所不及的事情，其实谈不上悔恨，只是遗憾罢了。我料想有无数天性比我更高尚、更端正的人，但这无法改善我的天赋，正如想象别人强壮有力的手臂无法强化我自己的手臂。如果想象和盼望一种比我们所拥有的更高尚的行为方式，就应该对自己的行为方式产生悔恨，那么我们必须为自己最无罪的行为而悔恨。因为我们可能会认为，如果天性更优秀，这些行为就会更高尚、更完美；我们也希望自己是这样的。

当我用年老时的目光审视自己年轻时行为时，我发现按照我的理解，我表现得同样有序。这就是以我的能力所能做的一切。我没有自夸，在同样的情况下，我的所作所为会是相同的。这不是我身上的一块疤痕，而是遍布我全身的色彩。我不会有表面的、浅尝辄止的、装模作样的悔恨；它必须刺遍我的全身，戳入我的体内，就像上帝那样深深地、全面地洞察我的内心。

在经商方面，由于缺乏良好的管理，我失去了许多极好的机会；然而，根据当时的情况，我的考虑还是足够合理的，总是选择最简便、最安全的方式。我发现，我从前做过的决定，都是按照自己的原则以及所遇到的问题的情况谨慎行事。即使是一千年以后，遇到此类情况，我依然会这样做。我不看现在的情况是怎样的，只看我考虑时的情况是怎样的。一切策略的力量都在于时间，而时机和事物永远在变化。我一生中犯过一些重大错误，不是因为缺乏好的理解，而是因为缺乏好的运气。在我们接触的事情中，尤其是与人性有关的事情中，有一些隐秘的、不可预见的部分；无声无息，深藏不露，有时甚至连本人都不知道，在偶然的情况下就会爆发出来。如果我的谨慎无法看透和预见它们，我也不会心生自责，谨慎只能在它的限度内发挥作用。如果事情对我来说太难了,并且站在我所拒绝的一方,那就没有办法了;我不责怪自己,我责怪的是我的命运,而不是我的工作;这不能称为悔恨。

福西昂给雅典人提了个建议,没有被采纳,然而事情却达到了目的,出乎他的意料。有人对他说:"福西昂,事情进展得这么顺利,你满意吗?"他回答说:"事情这么顺利,我很满意,但我并不后悔我曾提出的建议。"无论哪位朋友向我寻求建议,我都会坦率地给予明确的答案,而不像大部分人那样,一味担心事情的发展会与我的看法相左,我从而会因为提出的建议而受到责备;我并不在乎这一点,因为向我寻求建议是他们的错,而我不能在这件事情上拒绝他们。

就我自己而言,我很少因为自己的疏忽和不幸而责怪别人,我只会责怪自己,因为事实上,我很少向别人寻求建议,除非是出于礼节,或者在我需要重要的科学信息或事实资料的时候。但在那些我只需作出判断的事情上,别人的理由可以用来支持我的理由,却无力劝阻我。我很有礼貌、很有耐心地听他们讲话;但是据我回忆,我从未采纳过谁的意见,除了我自己的。对我来说,它们不过是扰乱我意志的苍蝇和原子。

我不太重视自己的想法,同样不太重视别人的想法,命运便给了我相应的回报：我很少接受建议，也很少给予建议。难得有人向我请教，更难得有人相信我，也不知道有什么公事或私事是听了我的建议得到解决或改善的。即使是那些命运与我有某种联系的人，也宁愿听从别人的建议，而不愿听从我的建议。作为一个视安宁犹如权力的人，这种情况更让我感到满意。他们这样做就是迎合了我所信奉的——自己的事自己解决，自己的事自己把握。对别人的事漠不关心，不为他们做担保，不为他们的行为负责，这于我是一大乐事。

过去的一切，无论如何，我几乎没有什么遗憾。它们本应如此，这个想法使我摆脱了痛苦。它们存在于世界的洪流中，以及斯多葛的因果链条中。你不能指望凭借愿望和想象去改变丝毫，无论是过去还是未来，事物的大潮都不会逆转。

此外，我厌恶伴随老年而来的那种不可避免的悔恨。有人说，他感谢年龄的增长使他戒掉了享乐，这个看法与我不同；我决不想因为衰弱能给我带来什么好处而感谢它。

上帝也不会如此厌恶自己的工作，
以致将衰弱视为最好的事情。

——昆体良

我们在年老时罕有欲望,很容易感到巨大的满足,我看不出这与道德有什么关系。懊恼和衰弱在我们身上留下了昏沉和风湿的烙印。我们不能让自己被自然的变化彻底左右,以至于连判断力也因此受到削弱。从前,青春和享乐并没有冲昏我的头脑,使我忽视声色犬马中的罪恶面目;如今,岁月带来的厌倦情绪同样没有冲昏我的头脑,使我忽视罪恶中的快乐。现在,我已不再是盛年,但我对这些事情的判断还是跟盛年时一样。

我仔细而严格地审视,发现我的理智与我在最放荡的年纪时完全一样,只不过,随着年龄的增长,它或许有所减弱和衰退;我还发现,我的理智出于身体健康的考虑,拒绝让我享乐,但在灵魂健康方面不会比以往任何时候更加拒绝让我享乐。我并不因为理智无法继续战斗而认为它变得更坚定了。诱惑于我是如此的破碎和不堪,不值得理智的对抗,我只要伸出双手就能将它们驱散。如果把过去的情欲摆在我的理智面前,我恐怕它已经不像从前那样有力量去抵抗。我看不出现在它判断事物跟以前有什么不同,也看不出它获得了什么新的标准;因此,如果有复原,那也是一种被施了魔法的复原。

以疾病换取健康,这是多么可悲的疗法!这不应让我们陷入不幸，而应是我们判断力的幸事。伤害和痛苦无法逼迫我做任何事，除非是咒骂那些非用鞭子才能唤醒的人。我的理智在旺盛时更加随心所欲，而消化痛苦比消化快乐更容易让人分心、困苦；天空晴朗时，我看得最清楚。相比疾病，健康对我的告诫更令人愉快、更有意义。我所做的一切就是在拥有健康和活力去享受快乐的时候，改善和约束自己，使自己远离快乐。如果我晚年时的悲惨和不幸都要归咎于健健康康、生机勃勃、精力充沛的岁月；如果人们对我的评价不是依据我一贯是怎样的人，而是依据我已不再是怎样的人，那么我将会感到羞耻和嫉妒。

依我之见，人类的快乐在于幸福地生活，而不是像安提西尼所说的那样幸福地死去。我并没有想要把一位哲学家的尾巴丑陋地连接到一个浪荡子的脑袋和身体上，也不会让悲惨的余生来否定我大段的美好人生；我将始终如一地表现自己。如果我能重新活一遍，我还是会过得一模一样。我不抱怨过去，也不惧怕未来。如果我没有欺骗自己，我就是表里如一的。命运赐予我的一大恩惠，就是我身体状况的变化与自然季节的交替是一致的；我见过了发芽、开花、结果，现在又见到了凋零；因为顺其自然，所以无论如何都是幸运的。我更能忍受病痛，因为它们在预计会出现的时候才出现，而且使我更愉快地回忆起过去大段的幸福时光。

过去和现在，我的智慧或许没有变化，但在年轻、精力充沛的时候，它更有活力、更加精彩，如今则破碎、呆滞、怨愤或固执。既然如此，我拒绝进行随意而痛苦的改造。上帝必须触动我们的心灵；我们的道德感必须依靠理智而非欲望的减弱来修正自己。快乐本身并不像暗淡而腐朽的眼睛所看到的那样苍白。

我们应当爱节制，因为上帝命令我们要节制和贞洁；但如果因为身体的病症，不得已而为之，那就不是贞洁和节制了。一个人如果看不到快乐，不知道快乐是什么，没有发现快乐的趣味、力量、最迷人的美，那么他就不能自诩蔑视和抗拒享乐。我了解青年时期，也了解老年时期，因此更适合谈谈这一点。但我认为，相比青年时期，我们的心灵在老年时期更容易受到疾病和缺陷的影响。当我年轻且籍籍无名的时候，我也是这样说的；如今白发给了我一些权威，我依然这样说。我们把性情乖张、厌倦世事称为智慧。但事实上，我们并没有抛弃罪恶，只是改变了罪恶；而且在我看来，还越改越糟了。除了愚蠢无力的傲慢，粗鲁无礼的胡扯，刚愎自用的性情，迷信，视财如命，贪得无厌之外，我还发现了更多的嫉妒、不公正和恶意。岁月在精神上留下的皱纹比在脸上的还多。心灵在衰老的过程中不曾散发出酸腐味，这是从来没有或者是很罕见的。人类总是共同走向圆满和衰败的。

通过审视苏格拉底的智慧以及他几次受谴责的情形，我敢相信，从某种程度上来说，这是他故意勾结而导致的，可以看出，他在七十岁高龄时，恐怕高速运转的思维变得迟钝，一贯的光彩也已然失色了。

我每天都能看到年龄给我的很多熟人带来了多么不可思议的变化。这是一种强有力的疾病，它自然而然地、不知不觉地潜入我们的体内；我们需要仔细观察、小心预防，以避免它给我们造成的缺陷，或至少减缓其进程。我发现，尽管我重重设防，它依然步步紧逼；我竭力抵抗，但不知它最终会把我逼到什么地步。但无论如何，当我倒下时，世人可以知道我是从哪里倒下的，我便心满意足了。

蒙田生平年谱

1533年　2月28日,蒙田出生于法国波尔多附近的佩里戈尔(现多尔多涅省)蒙田庄园。其父亲是波尔多的小贵族,家境殷实,信奉天主教。蒙田为家中长子,三岁前寄居于农村家庭,以农民夫妇为教父教母。

1536年　蒙田被父母接回。在父亲的严格要求下,身边人都用拉丁语与蒙田交流,因此,蒙田的母语是拉丁语。此外,蒙田还通过游戏、谈话、冥想等方式自学希腊语。

1539年　蒙田被送进波尔多一所声望很高的寄宿学院——吉耶讷学院学习,受教于拉丁语学者乔治·布坎南。

1546年　蒙田在吉耶讷学院完成第一阶段的学习,开始研究法律,随后进入当地的法律部门工作。

1557年　蒙田被任命为波尔多高级法院的顾问。

1561年　蒙田成为查理九世的近臣,并被派往巴黎参与解决吉耶讷省的宗教叛乱,历时一年半。同年,他被授予法国贵族最高荣誉——圣米迦勒勋章。

1562年　蒙田在巴黎最高法院宣誓效忠天主教。

1563年　蒙田在波尔多议会任职期间结识的密友去世,他深受影响,开始将散文当作新的交流方式,"以读者代替死去的朋友"。

1565年　　蒙田和妻子结婚。婚后，二人育有六个女儿，但只有二女儿活了下来。

1567年　　蒙田父亲去世。

1568年　　蒙田翻译的加泰罗尼亚教士雷蒙德·赛邦的作品《自然神学》出版。

1570年　　蒙田继承家族产业并搬回家族庄园长住。

1571年　　蒙田开始创作散文集《蒙田随笔》。

1578年　　蒙田患上肾结石。

1580年　　《蒙田随笔》分两卷首次出版。从1580年到1581年，蒙田在法国、德国、奥地利、瑞士和意大利旅行，借治病之便，去洛雷托圣宫朝圣。

1581年　　在意大利卢卡市旅行时，蒙田得知自己被选为波尔多市长，于是回到波尔多任职。

1583年　　蒙田再次当选波尔多市长，并一直任职到1585年，卸任后回到庄园旧居。

1585年　　波尔多爆发瘟疫。

1586年　　由于瘟疫和法国宗教战争，蒙田不得不离开庄园两年，并继续增补、修订《蒙田随笔》，并推动其出版。

1587年　　回到庄园续写《蒙田随笔》。

1588年　　蒙田完成《蒙田随笔》第三卷的撰写，并将书稿交予极为赏识其作品的玛丽·德·古尔内编辑出版。后来，蒙田称玛丽·德·古尔内为其养女。

1589年　　国王亨利三世遇害，蒙田继续效忠于后来的国王亨利四世。同年，他再次对随笔集加以增补和修订。

1592年　　完成对《蒙田随笔》的最后一次增补和修订。9月13日，蒙田因扁桃腺炎，在蒙田庄园去世，落葬于波尔多的圣安托万教堂。

1595年　　经玛丽·德·古尔内小姐的整理与注释，《蒙田随笔全集》面世。